ハヤカワ文庫SF
〈SF1998〉

最後の帝国艦隊

ジャスパー・T・スコット
幹　遙子訳

DARK SPACE
by
Jasper T. Scott

Translated by
Yoko Miki
First published 2015 in Japan by
HAYAKAWA PUBLISHING, INC.
This book is published in Japan by
direct arrangement with
JONATHAN IAN ELOFF.

ぼくの家族と友人たち、それから美人の妻に感謝を捧げます。ぼくが逃避したい気分になっていたときも、ぼくを信じて励ましてくれたみんなに。きみたちのおかげで、ぼくのこの長い旅が報われるものになりました。それから、ぼくの編集チームに特別に感謝を！　ご苦労さまでした。

目次

最後の帝国艦隊

プロローグ

　イーサンの頭のまわり一面、ノヴァ迎撃機のコックピットの薄いトランスピラニウム（TP）素材のキャノピーのすぐ向こう側に、膨大な数の星がまたたいていた。星々はふれられそうなほど間近にあるように見えたが、その眺めに気を取られるわけにはいかなかった。イーサンは次の手近な敵機をターゲットに決め、十字線の下の赤い夾叉（ブラケット）マークのあいだにはめようとした。レーザーのロックを知らせる小さなカチという音をイーサンの耳がとらえ、直後に十字線が緑に変わるのを目が確認した。トリガーを引き、まばゆく輝く赤いパルス・レーザーをターゲット機に注ぎこんだ。やがて、ヘッド・アップ・ディスプレイ（HUD）のレーザーチャージの目盛り（ゲージ）が赤く点滅しはじめ、レーザー出力がしだいに落ちて、消えた。イーサンがトリガーを放してミサイルに切り替えたとき、ターゲット機が線上から消えた。後部シールドが敵のリッパー弾をはじく音をあげ、イーサンは即座に回避パターンにはいった。一瞬、ターゲット機のことは忘れていた。シールドにリッパー弾があたる音がやんだが、すぐに別の角度から攻撃がはじまった。もう一機のつぎは戦闘機が最初の機と正反対の位置についたのだ。イーサンは首をのばして、敵戦闘機を目視した。その二機は完全に両側から彼をはさみこんでいた——これで攻撃されれば、確実に死ぬことになる。

「ええ、ちょっと助けてもらえるか？　はさみうちにされた！」

「ラジャー、ファイヴ」7（セヴン）が言った。

イーサンは敵機の攻撃をシールドに受けながら、ふんばろうとした。シールドは暗い緑色に、それから黄色になり、ついに赤となった。もはや、シールドが飛射物のエネルギーを完全に散らすことができなくなり、敵の弾は今や機体に直接あたり、跳ね返っていた。

左舷側の敵の攻撃がやみ、続いてガーディアン＝7の声があがった。

「やっつけたぞ！」

これで攻撃してくるのは一機のみとなり、イーサンは右舷側のシールドを強化すると、旋回して敵機のまうしろについた。数秒後、新たにチャージしたパルス・レーザーを無骨なつぎはぎ戦闘機の双胴に注ぎこんだ。右舷側の制御ジェットがすでに暗く点滅していたつぎはぎ機はイーサンのレーザーを避けることができず、火だるまとなった。レーザーのひとつが反応炉を貫き、敵機は突然爆発して、ふたつの胴体が燃えながら正反対の方向にはじけ飛んだ。

「助けて！」ジーナが叫んだ。

ガーディアン＝3（スリー）の声がはいった。

「たった今、敵が四機、編隊から離れた！　整列して〈ディファイアント〉に次の攻撃を仕掛けようとしている！　その前にやつらを――」

通信（コム）が雑音に包まれた。

「隊長？」イーサンは即座にスコープを見た。

一秒後、イシカスの声がもどってきた。

「おれは大丈夫だ。ウイングに破片があたっただけだ。たいしたダメージじゃない。敵の四機は至近距離から魚雷を一斉発射した。くそったれめ」

その次の瞬間、司令回線から声が出た。

「ガーディアン諸君、もうちょっとましな援護が必要だ！」

「われわれにできる最善を尽くしてるんです、司令官」3が言い返した。「われわれは五機になり、敵は少なくとも二個中隊がいるんです。そちらの砲手は何をしてるんです？」

「砲列はもうすぐ使えるようになる」

こっちには一刻の猶予もないぞ。イーサンは心のなかでつぶやいた。

「シックス、どこにいる？」

さっきジーナが助けを求めていたことを思い出し、訊いた。ちょっとのあいだスコープでジーナを探したが、見つからない。心臓が冷たいこぶしにつかまれたような気がしたが、そのときグリッド上にジーナを見つけた。グリッドをつっきって〈ヴァリアント〉に逃げこもうとしている。敵の戦闘機が二機、ジーナを追いかけ、ジーナの機の後部にリッパー弾の金色のすじを浴びせていた。その二機はつぎはぎ機にしては動きが速く、ジーナは振り払うのに苦労していた。

「さっきあんたに置いてかれたところにいるわよ、このとんま！　わたしの編隊僚機（ウイングメイト）が生きてどこかをうろうろしてるとは思ってなかったわ」

イーサンは顔をしかめた。チーム戦にはまだ慣れていない。

「すまない、いま向かってるところだ」

向きを変え、最後のアフターバーナーに点火して敵の戦闘機に追いつこうとした。射程距離内にはいると、霰弾(ヘイルファイア)ミサイルに切り替え、すばやく敵機の尾部に向けて発射した。一秒後、間違いに気づいた――敵機とジーナのノヴァ機の距離が近すぎる。

「ジーナ、離れろ！　今、おまえを追ってるやつらに霰弾を撃ったところだ！」

「くそったれ！　わたしのアフターバーナーは壊れてるのよ！　わたしにどうしろって言うのよ？」

イーサンはすばやく考えをめぐらせた。ほぼ同じに、霰弾の一次加速の青い尾が消えた。敵機は災厄に気づき、ジーナから離れて逃げようとしたが、それでもまだジーナとの距離は近かった。

「逆噴射しろ！」イーサンは言った。

「そんなことをしたらわたしがロックオンされちゃう！」

くそ、とイーサンは考えた。

「踏ん張れ！」

親指をパルス・レーザーのほうにすべらせ、霰弾にねらいを定めた。それが爆発して四つの小さい弾頭になる前に破壊したかった。だがこの射程範囲では、コンピュータがミサイルにロックオンするのを拒否した。イーサンは必死になってはるか先のターゲット・ブラケットめがけてレーザーを放った。何も起こらなかった。一瞬後、霰弾が爆発し、四つの方向に分かれた。イーサンは刺すような恐怖を感じた。流れる汗が左目にはいったのを手の甲でぬぐい、目をしばたたいて視界をはっきりさせた。四つの小さな弾頭がぱっと明るく燃え、敵機に向けて加速しはじめた。

「近すぎる！」ジーナの声が震えているのが聞きとれた。

「一秒くれ！」そう言って、ジーナにいちばん近いところで弧を描いている弾頭を撃った。

まぐれあたりで命中し、それが起こした爆発でいちばん近くにいた敵機が引き裂かれ、スラスター・ポッドから炎と破片が噴き出した。ジーナの機が衝撃で激しく揺れた。それから、ほかの三個の弾頭がそれぞれターゲットを見つけ、残る二機の敵機は爆発し、目のくらむような火の玉と化した。イーサンの耳にジーナの叫びが聞こえ、彼女のコムが雑音で聞こえなくなった。

「ジーナ！」

ザーザーという雑音に、イーサンの背すじに恐ろしい寒気が走った。

くそ！　心臓をどきどきさせながら、イーサンは照準をチェックした。爆発に近かったせいで、何も見えなくなっていた。イーサンは破片が機体にあたる音を無視して、大きくなっていく火の玉のあいだを縫って飛んだ。前部シールドがすぐに赤になり、それがジーナにとって何を意味するかと考えると恐ろしかった。

「ジーナ！」もう一度呼んでみた。

そのとき、彼女の機が見えた。三つのエンジンのひとつはまだ輝いていたが、残りふたつは点滅していた。右舷側のスタビライザー・フィンは吹っ飛ばされ、コックピット・キャノピーには、いくすじものひびがはいっているのが見てとれた。

「ジーナ、頼むから返事してくれ！」

一秒後、彼女の声がもどってきた。だがその声は弱々しかった。

「なんとか生きてるわ。キャノピーに一発くらったの。わたしのスーツからエアが漏れてる」

「くそ、けがはひどいのか？」

「出血はたいしたことないけど、息をすると死ぬほど痛いわ。肋骨が何本か折れてるかも」

「〈ディファイアント〉にもどれ。おれが援護する」

「無理よ、スラスター（推進用の小型ロケットエンジン）が半分しかないもの……敵機が多すぎるわ」

イーサンは歯噛みした。

「こんちくしょう！　ただあきらめて死ぬつもりか？」

返事はなかった。

前方から空母〈ヴァリアント〉の巨体がどんどん大きくなってくるのを、イーサンは見つめた。巡航艦〈ディファイアント〉が〈ヴァリアント〉の右舷側格納庫に向かいながら、ビーム砲を撃ちはじめるのが目のすみに映った。八条の青いダイミウム・ビームが放たれ、格納庫のシールドが波のように揺れた。

数秒後、ノヴァ戦闘機が数機、空母の発進チューブから飛び出すのが見えた。

「あれはわたしたちのノヴァ機が〈ヴァリアント〉から出てきたの？」ジーナが訊いた。

イーサンは首を振った。

「空母には誰も残ってなかったはずだ。歩哨（センティネル）ロボ以外は全員、おれたちと一緒に出てきたんだから」

「それじゃ、あれは敵のノヴァ機なのね。ちくしょう！」

イーサンはそれには返事をしなかった。今ごろはブロンディが空母の腹部格納庫にはさまれたコンコースで、六体のセンティネルを制圧し、空母を乗っ取っているはずだ――かなりの数のノヴァ攻撃機と迎撃機もふくめて。ジーナは正しかった。おれたちは〈ディファイアント〉にもどることはないだろう。

誰ひとりとして。

悪魔(デヴリン)との取り引き

二日前……

1

イーサン・オルテインはグリースで汚れたのぞき窓の前に立ち、べとべとしてぎらついた指紋跡を透かして宇宙空間を見ていた。自分がつけた指紋跡を透かして。のぞき窓に手をあて、新たな油じみをふやす。真っ黒な宇宙空間のあちこちで、青やオレンジ色がまばゆくきらめいているのは、宇宙船が針路を変えたり、スピードを上げたり落としたりするために推進機関を発動させる際に通常航行ドライヴが生みだす輝きだ。先の戦争以来、人類が立てこもっている銀河系辺境の宙域、〈暗黒星域〉の漆黒のなかで、それらの輝きはたやすく見てとれる。〈暗黒星域〉にはたくさんのブラックホールが集まっているが、その内部に、いくつかの準居住可能惑星とステーションがおさまっている小さなポケットのような部分がある。宇宙線の脅威には常にさらされており、きちんとシールドされたステーションや船のなかにいるのでなければ、生きたまま灼かれるはめになる。惑星のなかには遠く離れていてじゅうぶんに濃厚な大気圏を備えているおかげで、宇宙線で灼かれずにすむ星もいくつかあるが、ほとんどの惑星は荒涼とした岩のかたまりにすぎない。こうした条件と、この宙域への出入り口がただひとつしか知られていないことから、かつて〈暗黒星域〉は犯罪者たちの流刑地だった。だが今は、かつて栄華をきわめていた星系間帝国に残された唯一の場所なのだ。

現在、ISS(ISS)は名のみを残して死に絶えたも同然だ。戦争を生きのびた五隻の艦艇が、〈暗黒星域〉への唯一の出入り口であり、今は作動していないスペース・ゲートを護っている。

「みすみすこんな――」のぞき窓から振り返り、イーサンはため息まじりに言ったが、それは銀河系の現状のことではなかった。「――見つけられたかぎりでいちばん安いステーションで部屋を借りるはめになるとはな。それも借金を返せるだけの金の工面ができるという奇跡が起きるまで、ブロンディの取り立て屋どもから身を隠すために」

ベッドにすわっているアレイラが、この部屋唯一の発光パネルのちらつく青白い光を受けて、あざやかな菫色(すみれいろ)の大きな目をきらめかせながら、イーサンに向けてかわいらしい笑みをよこした。長くのばした黒い髪、大理石のような白い肌、豊かな紅い唇。彼女の顔を長く見つめすぎると、男はわれを忘れてしまいかねない。それは炎に見入るようなものだ——近づきすぎると火傷する、そうわかってはいるのだ。手にはいるなら死んでもいいと思わせる顔と身体を彼女はもっている。だがイーサンがそれを意識することはほとんどなかった。

「死ぬよりは隠れるほうがずっとましでしょ」アレイラが言った。

イーサンは顔をしかめた。陰鬱な四角い部屋をその目が見まわす。壁の塗料はあちこちはがれ、片側にぎしぎしと悲鳴をあげるゆがんだベッドが寄せてあった。その向かい側の壁には、低規格のホロ・プロジェクターが設置されている。ワクチン洗浄つきのバスルームはひどく小さいので、身体をななめに傾けてはいらなければならない。イーサンはのぞき窓の油じみに背を向けた。

「死ぬよりましだと思えるのは誰かに見つかるまでだろうな」

アレイラ・ヴァストラは彼の副操縦士であり、長年にわたる犯罪遂行の相棒でもあった。彼女はいかにも楽観的なことを言っているが、実のところは奇跡が起きないかぎりふたりとも死んだも同然だった。いつものようにエタリスに着陸しようとしたときにドライヴが故障して墜落した船を直すために〝超頭いい〟ブロンディから一万ソル借りたのだ。だが繋留（ドッキング）代未払いで船を押収されまいとして、そのローンの支払いを三回続けてすっぽかし、いまブロンディは容赦なく取り立てようとしていた。そしてこの前ブロンディの取り立て屋どもに出くわしたときに数センチのデュラニウムとシールドを失い、シールドの修理代が出せないでいた。この次ブロンディの取り立て屋どもと出くわしたら、それで一巻の終わりだ。

ステーションわきを通りすぎる戦闘機の特徴的な三つ並びの青い光が目に留まった。イーサンは指二本でゆっくりとその道すじをなぞったが、それから自分が見ているものの意味に気づき、好奇心に駆られて眉間にしわを寄せた。あれはノヴァの戦闘機だ。こんなところでいったい何をやってるんだ、おちびさんよ？　心のなかでつぶやく。ノヴァは〈暗黒星域〉の警察組織だ——巨大空母〈ヴァリアント〉から出撃する年季のはいった戦闘機たちだ。〈ヴァリアント〉にはもともと百四十四機のノヴァ攻撃型戦闘機と百四十四機のノヴァ迎撃型戦闘機が搭載されていたのだが、〈暗黒星域〉に立てこもったこの十年のあいだに、〈暗黒星域〉に居住する無法者たちとの戦闘や、経年劣化や代替部品の供給不足などのせいで使える機体がじわじわと減っていた。そして今では、まだ使える機体はそれぞれ八十にも満たないといううわさだった。すなわち、〈暗黒星域〉の各ステーションの護衛には、せいぜいで攻撃型一機と迎撃型一機がまわされる程度だ。例外は埋蔵燃料を擁する惑星エタリスと農場のある惑星フォルリスで、それぞれのまわりには超越君主ドミニクがまる一個中隊ずつ恒久的に配備している——加えて、言うまでもないことだが〈暗黒星域〉ゲートの駐屯地(ちゅうとんち)にも。

つまり、〈暗黒星域〉には警察がない。自分の身は自分で守り、ちょっとしたもめごとは自分たちで解決しなくてはならないのだ。だのに、ノヴァ戦闘機がはるばるチョーリス軌道まで出張ってくるなんて、いったい何をしているんだ？

戦闘機がぐるりと旋回して着陸態勢にはいるのを、イーサンは見守った。「ドックにはいろうとしているのか」驚いた。

アレイラがイーサンの言葉を聞き、のぞき窓の前にやってきた。彼女は即座にその戦闘機の素性に気づいた。

「あら、珍しい見ものだわね。きっと何か緊急事態よ。ノヴァ機が遊びで飛びまわることはないもの」

イーサンはうなずいた。「いったい何があったか知りたいものだ」のぞき窓に背を向け、戸口に向かう。

「待って」アレイラが言った。「わたしたち、隠れてなきゃならないんじゃないの」

イーサンは戸口から向きなおり、アレイラと向き合った。「たしかにそうだが、悪名高い犯罪王に狩られてる身としちゃ、当局に訴え出るのもありかと思ったんだ。もしかしたら気にかけてもらえるかもしれないじゃないか」

アレイラは大きな菫色の瞳でじっと彼を見つめた。「わたしが一緒に行きたいかどうか、訊かないの？」

「来たいか？」

彼女は眩惑的な目をイーサンからそらすと、この部屋唯一の収納キャビネットに向かった。錆びた蝶番をギーッと鳴らしながら彼女がキャビネットを開け、大きなプラズマ銃を取り出すのを、イーサンは見守った。アレイラは充塡量を確認し、きびきびした動きでそれを腰にストラップで装着した。イーサンはすでに自分の銃を装着済みだった。キャビネットを閉じてロックすると、アレイラは彼のほうを向き、言った。「行きましょ」

2

塗料がはげてルームナンバーがほとんど読み取れない、錆びたデュラニウム製のドアがずらりと両側に並ぶ、チョーリス・ステーションの暗い廊下を、イーサンとアレイラは歩いていった。このステーションの発光パネルは半分が切れて暗く、残り半分はちらついている。歩きながら、そうしたパネルのひとつが一瞬燃えあがるように火花を散らし、息絶えるのが見てとれた。廊下に人けはなかったが、並んだドアの向こうの居住者が漏らす力のないうめき声や怒りの叫び声がときおり聞こえる。イーサンは顔をしかめた。〈暗黒星域〉のほとんどのステーションは修繕が行き届いているとは言いがたいが、このチョーリス・ステーションで部屋を借りるということは、最低ランクのくさい穴に這いこむに等しい――それでなくとも人類はすでに、銀河系にたくさん輝く太陽の光のとどかない場所に立てこもっているのだ。

「さっきのノヴァが、わたしたちを探してここにやってきたんだったらどうする？」アレイラが小声で訊いた。

ふたりが五号室の前を通りすぎたとき、プラズマ銃を撃つ音が聞こえた。アレイラはぎょっとしてそのドアを振り返り、歩く速度が落ちた。イーサンは彼女の腕をつかみ、彼女を引きずるように進みつづけた。

「速度を落とすな」低い声で叱る。

「どうせ誰かが自殺したんでしょ！」アレイラが信じられないというようにささやいた。

「でなきゃ別の誰かを殺したかだ」

背後でドアが開くシュッという音が聞こえ、ふたりが振り返ると、頭のはげた黒い肌の男が五号室から出てくるのが見えた。男は蒸気をあげているプラズマ銃をホルスターにおさめているところだった。全身黒ずくめの服装をしている。

「何を見てる？」男は言った。

イーサンは凍りついた。手が反射的に身体のわきの、下のほうに落ちる。

「何も。こっちの知ったことじゃないね」そう言った。

黒い男はちょっとのあいだふたりを見つめ、どちらも武装しているのを見てとった。

「賢いじゃねえか」そう言うと、静かに銃から手を放した。

イーサンはうなずき、アレイラをひっぱって廊下の湾曲部を曲がった。アドレナリンで心臓がばくばくいっていた。〈暗黒星域〉は無法地帯だ。だがほとんどの場所では、もめごとを求める者はいない。少なくとも自分たちの手に負えないもめごとは、求めはしない。

「イーサン」おびえた声でアレイラが言った。「どうするつもり？　わたしたちだってブロンディと同じ逃亡犯なのよ。当局に駆けこんだって、助けにはならないわ」

「〈暗黒星域〉にいる者は全員、逃亡犯なんだ。それに今のやつをノヴァたちにつかまえさせようなんて思っちゃいない。むしろ、〈ヴァリアント〉におれたちを雇うような仕事がないかどうか見てみたいと思ってるんだ」

「どうしてそんな……」アレイラの声が途中でとぎれ、ずるそうな笑みが浮かんだ。

「あら、あんたって悪魔（デヴリン）なのね、イーサン。あんたがそんなに賢いって知ってたら、プロポーズされたときに承諾したのに」

イーサンは顔をしかめた。「あのときは酔っ払ってたんだ。それにいやと言ったのはそっちだ。いい副操縦士を見つけるのは簡単じゃないんだ」

「あら、ちょっと。素直に認めたらどうよ。あんたはわたしを愛してるのよ、わかってるんでしょ」アレイラはイーサンの腕に寄りかかり、彼の肩に頭をあずけた。

イーサンは彼女を見下ろし、彼女の顔の前で手を振って薬指にはめている銀の結婚指輪を見せた。「おれは結婚してるんだ、忘れたか？」

アレイラはさっと彼から身を離すと、笑みの消えた顔をそむけた。「そうね、忘れてたわ」

「ともかく」イーサンはため息をつき、話題を変えた。「おれが考えてるのは、もし帝国空母〈ヴァリアント〉に雇ってもらえれば、ブロンディもおれたちに手をのばしにくくなるってことだ。ことによるとさっきのノヴァの操縦士にエスコートしてもらえるかもしれん」

「そりゃすばらしい計画だこと」

ぼんやりとアレイラが言ったとき、ふたりが歩いていた廊下が開けて、チョーリス軌道唯一のまだ機能している居住モジュール用のバーつきロビーに出た。

イーサンはアレイラのほうを向いたが、彼女はくるりと背を向けて、ロビーの遠いほうの側の壁に並ぶのぞき窓から外を眺めようとしていた。イーサンにも、それらの窓からこのステーションの水耕栽培モジュールを見ることができた。汚れたトランスピラニウムドームの壁に植物の緑色の葉が押し当てられている。誘いかけてくるような眺めだったが、水耕ガーデンをぶらぶらと歩いて新鮮な空気を吸っている暇などなかった。

アレイラは窓のほうに歩いていき、イーサンはバーに向かった。しばらくここにいて、さっきのノヴァの操縦士がやってくるのを待つつもりだった。チョーリス軌道にやってくる者は、遅かれ早かれこのバーにやってくる。それも遅いよりは早いほうで。ほかにやることなどたいしてないからだ。

「何にします？」

バー・スツールを引いて腰を下ろしたイーサンに、バーテンが訊いた。バーテンのごつい顔には、片方の目のまわりに渦巻くように、輝きを帯びた赤いタトゥが入れてあった。若かりしころには、たっぷりと荒事を目にしてきた男に見える。イーサンと同じく、エタリス出の前科者かもしれない。

イーサンはカウンターの上に手をのばし、手首をあらわにした。バーテンがペン型スキャナーでそこに埋めこまれた識別チップを読みとると、イーサンは言った。「水をくれ」

「はい」バーテンはつくり笑いをして、言った。それからスキャナーに何か打ちこむ。少しすると、金額がイーサンの目の前にぱっと出た。

水――三・〇〇ソル　チョーリス軌道

その精算内容は彼の手首に埋めこまれたチップから脳に直接中継され、それから目の前に残像のように一瞬浮かび出た。イーサンは肩越しにちらりとアレイラを見た。バーのほうにやってくるだろうと思ったのだが、彼女は窓の前で彫像のように動かず立っていた。

イーサンは顔をしかめた。彼女が気を悪くしたのを責めるわけにはいかない。彼女とは友人どうし――仕事上の相棒であり、友人でもあるが、それ以上の関係ではない。だが彼女ははっきりと、それ以上の関係に進みたがっていた。彼女が誘いをかけたり、彼が誘いにのったりしたことがないとは言わない。だがさっきも言ったように、彼は結婚しているのだ。十一年前、密輸でつかまって彼が〈暗黒星域〉に流刑にされたとき、妻と幼い息子を残してきたのだ。

その次の年に、星系間帝国(ISS)は彼らの銀河とゲティーズ・クラスターというすぐとなりの付随銀河のあいだの深淵に横たわる悪魔の手(デヴリンズ・ハンド)という巨大な赤い星雲(ネビユラ)を抜ける超空間航行路をつくろうとした。そして愚かにも、ふたつの銀河をスペース・ゲートで直接結んでしまったのだ。そして向こうの銀河の中心的星系を探検するまもなく、攻撃を受けたのだ。そこで起きた大虐殺はゲートを通じて即座に銀河から銀河へと広がっていき、何兆という生命を奪った。

今日に至るまで、その戦争がなぜはじまったのかも、戦争をはじめた昆虫型異星人についてもほとんど知られていない。一説には、サイジアン――別名〝髑髏顔〟――どもは彼らの小さな付随銀河の居住可能スペースを使い尽くし、銀河間の虚空を渡る手段を探してじっと待っていたにちがいないと言われている。いったん通路が開かれると、戦争はきっかり九カ月で終わった。サイジアンどもは、高いテクノロジーは持っていないものの、数が非常に多く、協調性にも長けていて、隠蔽シールドを使ってぎりぎりの瞬間まで船を隠してから攻撃をはじめ、いつも帝国軍に奇襲をかけていた。

サイジアンのＳＬＳ（超発光空間《スーパー・ルミナル・スペース》）ドライヴは帝国軍のＳＬＳドライヴほどの速さは出せないが、隠蔽装置のおかげで、特に賢くはなくても、ＩＳＳのスペース・ゲート網を使えるようになっていた。

赤ん坊の懐妊から出生までにかかるほどの期間で、人類はほぼ全滅状態になった。ごくわずかの幸運な人々は〈暗黒星域〉にどうにか逃げこんだが、そのゲートの座標は極秘とされていた。さらに、センサーを狂わせる静電気をはらんだ氷雲のなかに隠されているせいで、ちゃんと見るべき場所を知っている者でないとゲートを見つけることはできなかった。このゲートのことを知っていた者たちは、虐げられた大衆にはその秘密を明かすことはしなかったようで、〈暗黒星域〉に逃げこんできた者たちの大半は艦隊の高位の士官と政府の高官たちだった。

だが、イーサンは避難民たちのあいだを探しまわることをやめなかった。〈暗黒星域〉から外に出るゲートのスイッチが切られて封印され、〝危険でない〟囚人たちが公式に釈放されて低迷する経済を支える活動にまわされたあと、イーサンは人生の二年を費やしてなつかしい顔を探してまわった——愛する妻デストラと、七歳の小さな息子アトンのどちらかが戦争から逃げてこられたという一抹の望みにかけて。だがどちらも見つけることができず、とうとう資金が枯渇して探すのをあきらめざるをえなくなったのだった。それからイーサンの暗黒時代がはじまったのだが、四年前にアレイラが彼の前にあらわれ、頭のめぐりの速さとゆったりした笑みと美しい菫色の目で、彼に活を入れたのだ。とはいっても、イーサンはすべてを忘れて新しい人生をはじめる準備ができているわけではなかった——彼女と共に新しい人生を歩みたいとも思ってはいなかった。アレイラはイーサンの娘といってもいいぐらい若いのだ！

ある意味で、彼にはアレイラが必要なのは間違いなかった。彼女がいなければ彼は道を見失い、何もかもが意味を失ってしまう。彼には自分を頼りにしてくれる相手が必要だった——誰か、彼を必要とすることで彼の価値を認め、ことによると愛してくれる相手が。ただ、自分が彼女を愛せるかどうかはよくわからなかった——どちらにせよ、それは恋ではなかった。彼女は若いのだ。そのうち誰かほかの男を見つけるだろう。だがそれまでは、たがいに頼りあい、たがいにいい相棒でありつづけたかった。

バーテンがカウンターの上に、イーサンの水を入れた、こぼれない、割れない仕様のマグをすべらせてよこした。イーサンがありがとうとうなずくと、バーテンは何かよく聞き取れないことをつぶやいた。イーサンの肩に手が置かれ、彼が水を飲むのを邪魔した。振り向くと、すぐうしろにアレイラが立っていた。「ごめんなさい」彼女は言った。

イーサンは首を振り、顔をしかめた。「なんのことだ？」

アレイラは彼のとなりのスツールに腰を下ろし、彼の水に手をのばした。「あなたの奥さんと息子のことよ」彼のマグから水を飲みながら、言う。

「気にするな」イーサンはぶっきらぼうに言った。「ずっと昔のことだ」

「まだ終わってないわよ」アレイラは警告するような声音で言った。「今のはわたしが悪かったけど、あなただってこの先一生、ふたりを悼んで生きていくわけにはいかないのよ。あなたは幸せにならなきゃいけないわ、イーサン。ふたりだってそれを望んでるはずよ」

イーサンはわざとらしい笑みを浮かべた。「おれに、こんなショボいゴミ運搬船と一緒に幸せになれって言ってるのか。借金まみれで、ネズミ穴みたいな部屋の家賃もろくに払えないってのに」やれやれと首を振る。「翼を生やして空を飛べって、言ってくれてもいいぜ」

「だめよ」アレイラがぴしゃりと言った。「あなたはわたしと一緒に幸せになるのよ」手をのばして不精ひげの生えた頰をなで、イーサンの目を探るように見つめる。「わたしたちは同じ穴のムジナなのよ、イーサン。せめてそういうふうに行動することはできるでしょ」

彼女はイーサンの頰に走るひとすじの線をなぞった。昔、刑務所内のけんかでついた古傷だ。エキゾチックな菫色の目は豊かな情感であふれていたが、イーサンの目は死んだようで、何も見てはいなかった。

イーサンは顔を背けた。妻と息子の話をされたときにはいつも全身に広がる、おなじみの痺れを感じていた。一瞬後、アレイラは壁に話しかけているも同然だと気づいたようだった。彼女の手がイーサンの頰から離れ、彼女も顔を背けた。

「どうやら今のままの関係を続けていくことはできそうね。なんの下心もなしで。仕事だけの関係、でしょ？」

アレイラは悲しげな笑みを彼に向けた。

イーサンは笑みを返そうとしたが、目にはまったく気持ちが宿ってはいなかった。

「そうするのがいいと思う、アレイラ。おれは誰も傷つけたくないんだ」

アレイラはうなずいた。

「それでいいわ。ばかげた考えだったわ。わたしのことは気にしないで、イーサン」

イーサンは心ここにあらずというようにうなずいた。目は相変わらず何も見ていなかった。水を飲みながらアイスブルーのシラリ・ワインのボトルを見つめてしばらくたったとき、視界の隅にちらりと、彼の右手側に動いてくるものがとらえられた。そちらを向くと、筋骨たくましいノヴァ操縦士が小脇にヘルメットを抱えて歩いてくるのが目にはいった。操縦士はせいぜいで十八歳というところだった。背すじが不自然なほどまっすぐのび、若者特有の傲慢さがにじみ出ている。ノヴァ操縦士はバーテンに向かい、顎をしゃくった。

「黒い服の男を探してるんだが」

バーテンは鼻を鳴らし、自分のほぼ黒ずくめの服装をさして見せた。

「それだけの特徴じゃ、ずいぶん長く探すことになるぞ」

「肌も黒い。いろんな通り名を持ってるが、ここじゃヴァーリンと名乗ってるようだ。契約殺人請け負い人で、賞金稼ぎ（バウンティ・ハンター）だ。二週間前に帝国士官を殺したんだ」

バーテンは首を振った。「悪いな。そういうやつを見たとは言えないね」

振った。

イーサンの目が考えこむように細くなった。「おい！」片手をあげ、操縦士に向けて

若者は眉をひそめて、部屋をつっきってきた。一メートルほど手前で足を止め、意味ありげな目でイーサンのつぎがあたって色あせたフライトスーツを見やった。

「なんだ、虫けらめが？」

癇癪が破裂しそうになったが、イーサンは超人的な努力でそれを抑えつけた。「その情報はあんたにとってどれぐらいの価値がある？」そうたずねた。

操縦士は眉をひそめた。ごわついた金髪の生え際が眉と一緒にぐいと下がった。

「そいつは、危険な犯罪者の逮捕につながる情報を一士官への賄賂にしようとしたかどで、おまえを逮捕しないでやるくらいだな」

イーサンは肩をすくめ、バー・カウンターのほうに向きなおった。

「ああ、そうかい。ちょっと気になっただけだ」

ノヴァ操縦士はもうちょっと長くイーサンを見つめ、それから返事をした。

「おまえをぶちこんでもいいんだぞ」

イーサンはにやりと笑って男に目をもどし、両手を突き出した。

「いいね、どこに応募すりゃいいんだ？」

それは古い冗談で、艦隊の者たちはもううんざりしていた。〈暗黒星域〉をうろついているプロ犯罪者たち全員を収監するのは不可能なうえ、実際には三度のまともな食事と寝る場所をもらえるなら収監されるのも厭わないという者も多い。人によっては、休暇みたいなものだ。だが、このノヴァ操縦士は若すぎてそういう例はまだあまり見ていないらしく、困惑した顔でイーサンを見つめただけだった。

そのとき、アレイラの鈴のような声が響いた。

「どうか彼の望みをかなえてやってちょうだい。さあ、最後まできちんと手続きしてくれなきゃ」

ノヴァ操縦士は首を振った。

「おまえら虫けらどもはイカレてやがる。情報を持ってるのか、いないのか？」

イーサンはゆがんだ笑みを浮かべて、両手をひっこめた。

「そうだな、そっちがおれに情報をくれたら、おれも与えてやるよ」

「訊くだけなら訊いていいが、答えてやるとは言わないぞ」

「それでいい。〈ヴァリアント〉に求人はあるのか？ おれは今、船倉が空の軽貨物船を持ってて、仕事を探してるんだ」

ノヴァ操縦士は首を振った。

「知らんな。だが超越公は艦隊内で自前の補給連鎖をまかなう方針なんだ。そのほうが信頼できるからな。気を悪くさせるつもりはないが、おまえがろくでもない物資の輸送に使ってるぼろい平底船みたいなものは、われわれには必要ないんだ」

「それじゃ操縦士はどうだ？　おれは5Aランクだし、ここに副操縦士もいる」イーサンは肩越しに親指でアレイラを指した。「彼女はあんたが考えつくかぎりのどんな船の二次機能や三次機能も使いこなせるぜ」

ノヴァ操縦士はまたもや首を振った。

「悪いが、戦闘機の数よりも志願者のほうが多いんだ。それにおまえが5Aランクだってのも信じがたいな。近ごろじゃうまい食事程度の値段でにせのランク免許を偽造できるからな――ま、おまえにその程度の金があるとも思えんが」

「立証してみせるぜ」

「そうだろうな。おれの時間をむだづかいさせるのはやめてくれ。入隊したいんなら、募集課に行け。おれの追ってる男についての情報はあるのか、ないのか？」

イーサンは水を飲みほし、こわばった笑みを浮かべてスツールから立ちあがった。

「ない」

若いノヴァ操縦士は歯ぎしりして、腰の武器に手をのばした。イーサンの手はすでに腰にまわっていた。

「おれがあんただったら、そんなことはしないね」ノヴァ操縦士の銃を顎でさし、イーサンは言った。「おれがどうしてこの齢までやってこられたと思う？」右手でうっすらと白髪のまじった髪を指差してみせる。「早撃ちじゃおまえより上だってことに、一ヵ月分の給料を賭けてもいいぜ」

「おれを脅してるのか、虫けらめ？」

「おれをそんな名前で呼ぶのはやめてもらいたいね。あんたを殺すってのが、どんどん魅力的に思えてきてるんだ、よけいな刺激は加えないほうがいいぜ」

肩にアレイラの手が置かれ、警告するように彼の名をささやくのが聞こえた。バーテンがあいまいな笑みを浮かべ、なりゆきを見守っている。

ノヴァ操縦士はちょっとのあいだイーサンの目を見つめ、それからふんと笑った。

「いい態度だな。だが生きるのにうんざりしてるんなら、自分を撃てよ。行け。おまえはおれの目指してる獲物じゃない」

イーサンは笑みを浮かべながら、今回はこの若造が虫けら呼ばわりしなかったことに気づいていた。虫けらというのは、低級市民につけるあだ名だ。その名のとおり――虫けら、食い物、生き残ることにしか関心がない。

「そう言うと思ったぜ」イーサンはあとずさりながら、右手でからかうように敬礼をして見せた。左手はプラズマ銃のそばに垂らしたままで。「あんたはまだ死ぬには若すぎるし、イケメンだからな」

「イーサン！」耳元でアレイラがささやいたが、イーサンは気にしなかった。

人間、失うものがなくて必死になるととんでもない勇気が出るもんだ、と考える。価値のない人生を送ってる者は死ぬことを恐れないのさ。それは、帝国軍が市民のもめごとに立ち入らないようにしている理由のひとつだった。彼らは比較的ふんだんに財産を持ち、失うものもはるかに多いからだ。

ノヴァの操縦士は顔をしかめてにらみつけていたが、何も言わなかった。

廊下をもと来た方向に進み、湾曲部を曲がると、イーサンはくるりと背を向け、足早に自室に向かいはじめた。

「もうたくさんよ！」アレイラが言った。「あなたが帝国軍士官のひよっこ相手に度胸試しをするつもりだなんて知ってたら、一緒に行ったりしなかったわ」

イーサンは肩をすくめた。「そんなつもりはなかったんだ、アレイラ。ま、よくあることさ、わかってるだろ」

アレイラは鼻を鳴らした。「あなたの場合は多すぎよ」

「おい、ちょっとは敬意ってものを払えよ、お嬢ちゃん」

アレイラは振り向いて彼をにらみつけた。イーサンは気づかないふりをした。

「それだけじゃない、あのノヴァ操縦士から得られたものもあったぞ」

「あら？　それは何？」アレイラが訊いた。

イーサンは彼女のほうを向き、視線をとらえた。

「出口だよ。おれたちは帝国軍に入隊するぞ」

3

「帝国軍にはいる？」アレイラが訊き返した。「あなた、ほんとにイカレたんじゃない？」

彼女はふたたび室内のベッドの上に横になっていた。驚きのあまりあんぐりと口を開け、両腕は胸のところで組んでいた。

「わたしたちの船〈アトン〉はどうするの？　あんなに苦労して修理したあげくに、なげうっていうの？　あなたのいまいましい船がなけりゃ、今ごろこんな借金まみれにはなってやしないのよ！　こんなとこに隠れなきゃならないはめにもなってない！　わたしひとりなら、こんなとこじゃなく、フォルリスで暮らせてたかもしれないのよ」

アレイラは周囲の塗料のはげちょろけた壁を指し示した。

イーサンは窓のわきに立ち、外の宇宙空間に目と思考をさまよわせていた。アレイラの怒りにまかせた文句の嵐に面と向き合う気力はなかったので、黙ったまま、彼女の昂ぶった感情がおさまって泣きわめくのをやめ、もっと理性的な調子で話しかけてくるまで、ひとりで自分の計画を考えていた。

「こんなのって信じられない！　何カ月か前にあなたがそれを思いついていたら、わたしたちはこんなやっかいな目に遭わずにすんでたのよ。わたしは両親と一緒に働いてたあの農業ドームの仕事にもどれてたし、あなただってひとりで勝手に自分の人生をなげうってりゃよかったのよ――わたしまで一緒に引きずり落とすかわりに。どうしてあなたなんかと一緒にいたのかわからない！　きっと病気だったんだわ。そうよ。病気でどこかのネジがはずれて、そのせいであなたみたいな虫けら野郎に引きつけられちゃったんだわ」

さすがにイーサンは窓からこちらに向きなおり、暗い光をたたえた目で彼女を見つめた。「すまんが、いまなんて言った？」

「何も」アレイラは言葉を濁し、首を振った。「本気で言ったんじゃないわ」苦しげな顔でイーサンを見上げた。「ただ腹が立っただけよ、イーサン、わたしたちのこの状況に。あなたに腹を立てたわけじゃないの。ごめんなさい。前言撤回するわ」

イーサンはベッドの足側に歩いていった。

「いや、撤回するのは手遅れだ、アレイラ。いくらあやまっても、真実を覆い隠せるほどの広さも深さもない。きみは本心ではそう考えてたんだな。おれは虫けらだと」

イーサンは片手を挙げて彼女の反論を止め、もう片方の手をひたいにあてて、じわじわと兆してきた頭痛を追い払おうともみはじめた。目をぎゅっとかたく閉じ、押し黙っていた。

アレイラはベッドから立ちあがって、彼のところに歩いてきた。彼の肩に手を置き、つま先立って彼の頬にキスした。

「お願い、許して」

イーサンは彼女のほうを向いて目を開け、首を振った。

「きみはどうしておれなんかと一緒にいるんだ、アレイラ？」

「イーサン……」

イーサンは一歩あとずさり、アレイラは一歩前に出た。イーサンはやんわりと彼女を押しやった。

「いや、わかってるだろう、きみの言うとおりだ。おれみたいな虫けらにくっついてる必要はない。きみは、こんな人生のために生まれてきたわけじゃないんだ」四角い部屋を手で示し、せせら笑う。「きみの両親は農業班の重鎮だ。いま言ったみたいに、両親のもとにもどればいい。きみはひとり立ちするまでは、そういう幸運な階層のひとりだった――庶民の暮らしぶりをためしてみようとした、物見高い上流階級の人間にすぎない。きみがやってることは冗談のようなもので、しかもちっとも笑えやしない。きみは彼らと一緒のほうが幸せになれる」

アレイラは息を飲んで彼を見た。

「おれと別れて自分の道を進みたいんなら、そのほうがいい。きみみたいなきれいな娘(こ)なら楽しい宮殿みたいなところでいい暮らしができるはずだ」イーサンの言葉に、アレイラは平手打ちをされたかのようにすくみあがった。「でなきゃ、プロに徹して、ブロンディ一党のなかから、金持ちの夫を見つけるのもいいかもな。皮肉で言ってるんじゃないぞ」

アレイラは首を振った。「本気で言ってるんじゃないわよね」

「本気だとも。さっき自分で言ったじゃないか、きみはおれみたいな虫けらにくっついてる必要はないんだ。もっと前を向いて、いい暮らしを目指すべきなんだ。わかってるよ。さあ、もう寝ろ、アレイラ。朝になったら起こしてやる。〈アトン〉を売るつもりはなかったんだが、おれがきみにとってそれほど重荷になってるというんなら、そうするのが唯一公平な道というものだろう。きみをフォルリス・ステーションで降ろして、あの船を売る。そうすりゃブロンディに借りた金の半分、きみの分は返せるから、きみは晴れて自由の身になれる。自分の人生をはじめられる」

アレイラはこれまででいちばん傷ついた顔になった。目に涙が光るのが見てとれた。

「ちくしょう、イーサン、わたしはそんなつもりじゃなかった！　今の、すごく傷ついたわよ！」

イーサンはうっすらと笑みを浮かべ、彼女のすぐわきを通ってドアに向かった。「用があるなら、バーにいる」

手を振ってドアを開ける。アレイラが背後からかすれた声をかけた。

「わたしにはいつだってあなたが必要だったのよ、イーサン。わたしを必要としてないのはあなたのほうよ」

イーサン・オルテインは言ったことは守る男だった。アレイラはいやがったが、次の朝、チョーリス・ステーションからまっすぐフォルリス星系に向かった。座標に記されているスペース・ゲートの連なりの最後のゲートから飛び出ると、フォルリス・ステーションの真上に出た。ここからなら、アレイラが望めばフォルリスの地表への定期航路の予約を取って、巨大農業ドームで働いている両親のもとに行くこともできるし、このステーションにとどまることもできる。彼女が農業をしたいと思うなら、水耕栽培モジュールはたくさんあって働き口には困らない。だが、フォルリス・ステーションにはそれ以外にも、なんでもふんだんにあるのだ。このステーションはあらゆる方向に何キロメートルものび、無数のきらめく光で宇宙空間を彩っている。シリンダー状のモールやマーケットのモジュールが細長いアームで水耕栽培の球体モジュールに接続され、それぞれずんぐりと角張った居住区画や格納庫やオフィス区画に接続している車輪型のハブに繋がれていく。フォルリス・ステーションはそれ自体が宇宙空間に浮かぶ巨大な都市だった。急ピッチで建設されたため、あまり配慮が行き届いてはいないものの、人が迷う――文字どおりにも、比喩的にも――ぐらいの大きさがある。

イーサンはチカチカと緑色にまたたく入渠（ドッキング）ブイに従って船を進め、点検ポイントで止めた。待っているあいだに遠隔アクセス・コードをステーションに送信すると、ノヴァの戦闘機がかたわらにあらわれ、すばやく船をスキャンした。ノヴァのチェックがすむと、ドッキング係がイーサンのコード受理証を認識し、ステーションの着陸パターンにはいる許可を与える。

ステーションの管制官たちがイーサンの船の遠隔コントロールをはじめると、即座にイーサンはアレイラのほうを向いて、言った。「さあ、ここでお別れといこう」

アレイラはシートにふんぞりかえってすわり、胸の前で腕を組んでいた。

「そのようね」

アレイラの声は平板で気落ちしているように聞こえたので、イーサンは元気づける必要があると感じた。

「おい、いやな感情は全部棚に上げろよ。こうするのがおれたちのどっちにとってもいちばんいいんだ。きみの言ったとおりだ。そっちまでおれの借金を背負うことはないんだ。なんてったって、これはおれの船なんだから」

このとき、アレイラが彼のほうを向いた。

「その借金はわたしたちがふたりで一緒につくったのよ、イーサン」

「ああ、それでよかったよ。おれは帝国軍にはいる、そうすりゃブロンディもそう簡単には手を出せなくなるしな。こうすりゃ、おれたちの少なくともひとりは自由になれるんだ」

アレイラは無言でうなずき、顔を背けて窓の外の星々を見つめた。ほかにどう言えばいいのか——彼女が何を言ってほしいと思っているのか——イーサンにはわからなかったので、彼も外に顔を向けた。ステーションが目の前でどんどん大きくなって迫り、やがて船が運ばれていく格納デッキの琥珀色の光が見てとれた。イーサンが見守る前で、前にいた輸送船がステーション内部に引きこまれ、ステーションの管制官たちが次にイーサンの船を、格納庫の重力ガンを使ってまっすぐに、いちばん近くの空いている繋留所に導いていった。

ステーションのドッキング・チューブがこちらに向かって蛇のようにのびてきた。チューブは大きな音をたてて船体に接続し、陽気なメッセージがインターコムから流れてきた。

「フォルリス・ステーションにようこそ！　どうぞ快適なご滞在を」

イーサンはダッフルバッグをひょいと肩にかけ、船の反応炉を停止させると、船尾方向に歩いていった。すぐうしろにアレイラがついてくる。船体中央のエアロックまでくると、制御パネルにキーをさし、まわして開けた。内側のエアロックのドアが気圧同化のシュッという音をたてて開くと、イーサンは足を踏み入れた。

「ねえ、それでいいの？」エアロックの向こう側から、アレイラが問いかけた。「四年間友情をはぐくんだあとで、わたしを手近なステーションにぽんと降ろして、あなたの大事な船を売って、帝国艦隊に入るの？」

イーサンはどうしようもないというように肩をすくめた。

「いったいおれにどうしろって言うんだ？　おれたちには選択肢がたいしてあるわけじゃない。そっちだって、いつだって帝国軍に入隊できるんだし」

「あなたが入れるのはめったにいない〝5A〟ランクの操縦士だからでしょ」アレイラは両手で空中に引用符のマーク〝〟を書いた。「でもわたしには特殊技能なんて何もないのよ、イーサン。あなたの副操縦士としてわたしがやってることなんて、訓練された猿でもできるんだから」

「きみはあまり自分を信頼していないようだが、ほかに選択肢がないんだ、アレイラ。すまない」

アレイラはかぶりを振った。

「ちがうわ、あなたはまちがってる。選択肢はもうひとつあるのよ」

彼女が何を言おうとしているかにイーサンが気づく前に、アレイラは制御パネルをぴしゃりとたたき、エアロックの内側のドアが閉じはじめた。

どんどん細くなっていく隙間めがけてイーサンは飛びこもうとしたが、エアロックのドアはすばやく開閉するようにできている。無理に飛びこんで腕を切断されるような危険を冒すつもりはなかった。だからそうするかわりにエアロックの内側の制御パネルに飛びついたが、パスワードを打ちこんで開けようとしたとたんにエラー・メッセージが吐きだされ、怒ったようなアラーム音が響きわたった。ぞっとする思いと共に、イーサンは間違いを犯したことに気づいた。アレイラがずっと黙りこくっていたのは悲しいからだと思っていたが、実は復讐心に満ちた沈黙だったのだ。そしてどういうふうにしてか、イーサンが見ていないときに、彼女はこの船のエントリー・コードを変更したのだ。イーサンはIDチップ・スキャナーの上に手首をかざして振ったが、制御パネルはまたもやエラー音を出した。

イーサンが顔を上げると、エアロックのドアの上につくりつけられた小さな四角いトランスピラニウム窓の向こうで、アレイラがにっこり笑って手を振っているのが見えた。

イーサンは両手をこぶしにかため、ドアを殴りつけた。

「出してくれ！」

アレイラは小首をかしげ、疑うように彼を見た。

「本当に？」と口を動かす。エアロックは音が遮断されているのだ。

イーサンは歯ぎしりをして、もう一度ドアを強く殴りつけた。彼のこぶしがたてる鈍いどすんという音が船内に反響し、アレイラは突然心を決めたようだった。エアロックの制御パネルにさらに何か打ちこんだ。外側のドアが開いた。アレイラは意味ありげな手つきでそれを指し示し、イーサンは彼女をにらみ返した。

アレイラは彼の船を盗もうとしているのだ。信じられなかった！　だがそんなことをしてもアレイラにとってなんの解決にもなりはしない。たとえ船を売ったとしても、ブロンディへの借金を全額返済することはできないだろう。イーサンとしては、売却代金を全部アレイラの負債分にあてて支払うつもりだったから、彼のほうの事情はたいして変わるわけではないが。そればかりか、買い手を探して適正価格をめぐる押し問答をする必要がなくなるのだ。自分の所有物がなくなるのを惜しいとは思うが、たいしてたくさんのものを持っているわけではない。エタリスの囚人だったころは、大事な私物はすべて古い茶色のダッフルバッグに入れ、肩にかけて持ち歩いていた。

イーサンは背後で口を開けているエアロックのドアとドッキング・チューブをちらりと見やり、それからアレイラのほうを向いた。唇をすぼめ、うなずく。それが彼女の望みだというのなら、しかたない。彼女にそっけない敬礼を送ると、イーサンはくるりと背を向け、歩み去った。

4

イーサンは振り返らなかった。アレイラも彼が振り返るとは思っていなかったが、もし振り返っていたら、彼女の頬を涙が流れ落ちているのが見えたことだろう。そしてそれを見れば、もしかすると、彼女は彼を憎んでいるわけでも意地悪をしているわけでもないことに気づいただろう。彼女は彼を、彼自身から救おうとしていたのだと。あとになればイーサンは彼女の本当の想いに気づくだろう。自分が間違いを犯したとさとるだろう。そうすれば彼女は彼に船を返すつもりだった。そしてふたたび、ずっとそうしてきたように先に進むのだ――

ふたり一緒に。

イーサンが視界から消えると、アレイラはくるりと背を向け、船のなかにもどっていった。だが操縦席について即座に飛び去ることはせず、ラウンジに行ってソファベッドに腰を下ろし、頭のなかを駆け巡る思考を静めようとした。

わたし、いったい何をしたの？　それが、彼女の脳内をぐるぐるまわっている最初の思考だった。彼はもどってくるわ。それが第二の思考。そしてそう考えることで、彼女はかろうじて自分を落ち着かせ、悩ましい眠りに落ちていった。

イーサンは、いったん道を進みはじめると、けっして振り向くことはない。彼にとって難しいのは、将来を見つめて前に進むこと――それが妻のデストラを忘れて進むことを意味するにせよ、単に無気力な悲観主義よりはましな何かを信じて未来を見つめることであるにせよ。ずっと前からそういうふうだったわけではないが、けちな物品の密輸で終身刑をくらい、妻と息子から引き離されてエタリスの鉱山に送られたという事実に直面せざるをえないとなると、希望というものをたいして信じる気にはなれなかった。そしてそのあと戦争がはじまり、銀河系がずたずたに引き裂かれた今では、悲観主義はまっとうなもののように思えていた。

いつの日か、また妻と息子に駆け寄れるのではないかという希望をごくわずかながらもまだ抱いているのは、楽観主義のわずかなきらめきのような名残で、それこそ彼の人生が悲観主義に支配されていることを立証していた。誰もつらい現実を彼のために砂糖でくるんだりしてはくれない。これまでも、冷酷な事実を正面から見つめることに、彼は慣れていた。その冷酷な事実とは、彼の相棒でありこの宇宙でただひとりの友である人物が、ついさっき彼を裏切って彼の船を盗んだというものだった。そしてその前には、彼女は彼を〝虫けら〟と呼び、彼がいないほうがましだと言ったのだ。

どうやら忠誠心とは根深いもののようだ。フォルリス・ステーションのたくさんある円形ハブのひとつをまわって進みながら、彼は考えた。今ごろ彼女はチョーリス軌道にまた向かっていることだろう、そこでブロンディから身を隠すために。彼の船をすべてわがものにした今、彼女がどうするつもりなのかイーサンにはわからなかったが、たいして気にもならなかった。かつての相棒への敬意から、彼女がもどる途中で取り立て屋どもに出くわさなければいいがと願った。彼女は半人前の操縦士というわけではないが、シールドや砲座を受け持つ副操縦士もなしで、戦闘機の追跡を振り払えるほどの腕があるわけでもない。そうなれば確実に彼女はつかまり、彼の知っているブロンディはそう楽に彼女を死なせるわけがなかった。

まあ、それは彼女の問題だからな。イーサンは目下の差し迫った用事に意識の焦点を切り替えた。フォルリス・ステーションのどこかに帝国艦隊の採用受付オフィスがあることは知っていた。まずはそれを見つけることだ。このステーションはたくさんのねじれた通路がつくる迷路のようで、それらの通路は彼が今歩いている円形ハブからさまざまた角度で突き出ている。それぞれの通路の上に明るく光る標識があり、その通路の向こう側にあるモジュールの名を示しているが、さらにその先にどんなモジュールがあるかは、イーサンにはわからない。イーサンはため息をつき、足を止めて自分がどこにいるか知ろうとした。すぐ近くの通路から〈ユリのカフェ〉に行くハブが分岐しており、その次に湾曲部をまわりこんだ先で分岐しているハブは〈サマー・ガーデンズ〉行きだった。

イーサンはすぐそばを通りかかった男のほうを向き、片手を挙げて注意をひいた。男はつややかな黒いスーツ――ビジネスマンの服装だ――を着て、速足で歩いていた。イーサンが近づいてくるのを見て、男は足を速めたが、イーサンはあっさりと追いついた。

「帝国艦隊の採用受付オフィスはどっち方向か、ご存じありませんかね？」

男はすぐに首を振った。「知らないね、すまない」

イーサンは顔をしかめた。「いちばん手近にあるこのステーションの見取り図はどこにあるか、ご存じないですかね？」

「いいや」

「ちょっと、せめて見取り図がどこにあるかぐらいは知ってるはずじゃないですか。あなた、ここに住んでるんですよね？」

男は顔をそむけ、さげすむような冷笑を浴びせた。「おれに近寄るな、虫けらめ」

イーサンは男の腕をつかむと、手近な壁のほうにくるりとまわして押しつけ、動けないようにした。

「いまなんて言った？」

「な、何も」

「いちばん近い見取り図はどこだ、くず野郎（カード）？」

男はすぐ前方の〈サマー・ガーデンズ〉と表示のあるハブに分岐する通路を指差した。

「あそこを通れ！　これでいいだろう、放してくれ！　頼むよ」

「わかった、ズボンにチビる必要はないぜ。おれはもう立ち去るからな」

イーサンは男をどんと強く突き、男はよろけてころびそうになった。それからイーサンは庭園（ガーデンズ）のほうに歩きはじめたが、さっき話しかけた男への注意を怠りはしなかった。ビジネスマンは武器を持っているようにも、危険そうにも見えなかったが、弱そうなふりをしているだけというのもよくあることだ。特に、それをひどく強調している場合には。〈暗黒星域〉では無防備に見えることと本当に無防備であることはまったくの別ものので、それを間違えると死を招くことにもなりかねない。

さっきのビジネスマンがそそくさと角を曲がっていくと、ようやくイーサンは踵（きびす）を返して〈サマー・ガーデンズ〉のほうに歩いていった。ハブから分岐しているその通路は長く細かった。四方八方から動く歩道が集まっていて、前方でその歩道を奇妙な明るい光が照らしていた。

イーサンが歩いてきた通路は庭園の上に弧を描くように昇っていって大きく広がり、橋になった。彼の周囲に漂う湿り気を帯びた新鮮な空気には、満開に咲き誇るたくさんの種類の花の芳香が満ちていた。橋の上ではたくさんの鳥が飛びかい、さえずっている。下でも周囲でも、よく繁った木々の緑の葉が、頭上に広がる明るく澄んだ人工の青い空に向かって高々とのびあがっている。イーサンはため息をついた。給料がもうちょっとよければ、公園・娯楽管理局員になって、こういうくつろげる環境で働くのもいいかもしれない。船内リサイクル処理機が吐き出す、ほとんど苦味すら感じられる空気を呼吸するのに比べれば、はるかに気持ちよく働けるにちがいない。

橋は湾曲しながらゆっくりと下の庭園にくだっていき、ほどなくイーサンは地上の高さで庭園のなかを歩いていた。手をのばせば、周囲に育っているみずみずしい緑の葉にふれることができる。彼は足を止め、クリスタルのように青く透きとおった巨大な花に見とれた。花びらは厚みがあり、彼の知識によれば、それは実際に食べられる花だった。周囲をすばやく見まわして誰も見ていないのを確かめてから、イーサンは花びらを一枚ちぎって口に放りこんだ。その花フルーツの柑橘系の甘い香りがいっきに広がり、フリーズドライ食糧は、新鮮な本物を買うことのできない貧乏な虫けらどものためのものなのだという痛ましい真実を思い知らせた。あんな味気のないゴミみたいな食べ物を進んで選ぶ人間などいるはずがないのだ。もう一枚花びらをちぎると、今度はうんざりしたような機械音声がイーサンをとがめた。「購入代金をお支払いください」その声は大きく、イーサンはもう一度あたりを見まわした。誰もこちらに注意を向けていないのをたしかめ、そそくさと立ち去った。

イーサンはやれやれと首を振った。わかってたさ、自由だからなんでもできると思ったら大間違いだ。この手入れされた庭園のそこらじゅうに走っているスキャナー・バーに目を向ける。それは巧妙に手すりのように偽装されていたが、近寄ってよく見てみると、ソル・スキャナーの赤い輝きが本性を暴露していた。この上に手首をかざせば、彼の口座から必要額がさっぴかれることは間違いない。

イーサンはこの手入れの行き届いたジャングルをまわりこみ、出口を探した。ここのどこかにこのステーションの見取り図があると思われるが、これまでのところ見つけることはできなかった。あのビジネスマンは彼を追い払うためにうそをついたのかもしれない。

いいかげんにしてくれよ。曲がりくねっている庭園の小径の、次の湾曲部をまわりこみながら、イーサンは思った。その小径は開けた広場に出た。広場の中央には噴水があった。噴水は水中から高くのびあがっている青い花をつけた植物に覆われていた。植物の根は合成石にはいりこんで侵食し、噴水のてっぺんに鎮座している彫像をぼろぼろと崩しつつあった。

イーサンは足を止め、周囲を見まわした。この広場からは四本の道が出ていて、それぞれが薄暗い木陰に沈んだ庭園を曲がりくねりながら抜けていた。このなかで何時間も迷子になることもありうるな。イーサンは考えた。だから彼以外には誰もこの庭園を歩いていないのかもしれない。ここは広大な場所だった。イーサンはゆっくりと円を描くように歩きながら、周囲に目を走らせて誰かいないかと探した。誰か——園芸作業員でも、彼のようにただ通りかかっただけの歩行者でも——いないかと。だが見わたすかぎり、植物と誰もいない合成石の小径があるだけだった。と、突然うなじの毛がそそけ立つのが感じられ、背後から声が聞こえた——

「誰かを探してるのか?」

イーサンは銃に手をかけてくるりと振り向いた。チョーリス軌道のステーションで見たあの色の黒い男がそこにいた。

「手を上げろ、イーサン」黒い男はイーサンのわきにたらした腕を顎で示した。「その銃を足元に落として、おれのほうに蹴ってよこせ。ゆっくりとだ」

「なぜおれの名前を知ってる？」

言われたとおりにゆっくりと銃を引き出して落としながら、イーサンは何げない口調で訊いた。だが黒い男の命令の最後の部分はわざと無視して、銃を蹴りはしなかった。

黒い男は首を振った。「それは関係ない」

イーサンは別の方向から攻めてみることにした。「ここで何をやってるんだ？」

そのとき、新たな声が加わった。「もっといい質問はこうだな、イーサン。おれの金を返さずに、いったい何をやってるんだ？」

イーサンは自分の耳を疑いながら、くるりとそちらを向いた。彼のうしろに立っていたのは、まぎれもなく〝超頭いい〟ブロンディ本人で、そのでっぷり太った丸顔が、歯をむきだしてにやにや笑っていた。この犯罪組織のボスは、今にもげらげらと笑い出しそうに口を大きくあけてにやにやするというよくない癖があった。

「どうだ？」

イーサンはゆっくりと首を振った。

「いや、だが待ってくれ、ブロンディ。なんとかできる。あんたに金を払うためにおれの船を売ろうとしてたところなんだ。人類に誓って、ここにいるのはそのためなんだ」

「うそをつくのはよくないぜ、イーサン」ブロンディは頭に手をやり、オールバックの黒髪をうしろになでつけた。「おれの部下のヴァーリンが、喜んではらわたをぶちまけてくれた非常に聞き分けのいいノヴァ操縦士と話をしてね」ブロンディはまたも口を大きくあけた笑いを見せ、刺激剤（スティム）の使いすぎをあらわしている充血したばかでかい灰色の目で、ぎょろりとイーサンを見つめた。「文字どおりに言っても、比喩的に言っても、まさしくそのとおりだ。おまえはずらかって、帝国軍にはいろうとしていたように見える。そうじゃないか、ヴァーリン？」

イーサンは雰囲気を軽くしたい一心でにこやかに笑った。

「なあ、あと二時間だけくれないか。そうすりゃおれの船を売って、あんたの金を払える。そっちがいいなら、一緒に来てくれりゃいい」

ブロンディはいかにも大げさに眉を上げてみせ、口をあけた笑みがさらに大きく広がって、巨大バーガーを丸呑みしようとしているように見えた。

「そうとも！　ああ、そのとおりだ。おまえと一緒に行くともさ。おまえの船がおれの貸した金の半額で売れたら、残り半分を失う気休めにおまえを殺してやる。だが待てよ！」顔をしかめ、指先で顎を軽くたたきはじめる。「おまえが今朝手に入れたあの船の名前は何だっけな、ヴァーリン？」

「〈アトン〉です」

氷のような恐怖がイーサンのはらわたにじわじわと忍びこんできた。

「あれはおまえの船じゃないのか、イーサン？　おまえが売ろうとしてた船だよな？」

「彼女はどこだ、ブロンディ？」

「誰のことだ？」犯罪組織のボスは太った顔にいかにもしらばっくれた表情を浮かべ、訊きなおした。「ああ、おまえの副操縦士のことか！　ヴァーリン――」

ブロンディはイーサンの頭のむこうを見やり、ヴァーリンの注意を引こうとした。これほど剣呑な状況でなければ、それは笑える場面だった。ブロンディの身長は、百五十センチしかないからだ。

「はい？」ヴァーリンが答え、イーサンは半分向きを変えてその賞金稼ぎ（バウンティ・ハンター）を見つめた。

「よく覚えてないが……おまえはその船に乗ってた女を殺さなきゃならなかったんだっけか、それともその女は喜んで船を明け渡したんだっけか？」

「彼女は反撃してきましたが、生きています」

ブロンディは胸に手をあて、うしろによろめいた。まるでがっちりした肩から大変な重みが不意に浮きあがったかのようだった。

「人類に感謝を！　ひと安心だ！　一瞬おれはてっきり……まあ、おれが何を考えたかなんて気にするな——大事なのは彼女が生きているということだ！」

「彼女をおれに返してくれ、ブロンディ。そうしてくれたら、あんたに返す金を必ず手に入れる」

ブロンディの眉が急に下にさがった。

「いやいやいや、そうはいかんのだよ、イーサン。だいたいだな、売る船もなくなったいま、どうやっておれに返す金を手に入れるつもりだ？」

イーサンは歯噛みした。

「おれの船を盗んでおきながら、まだおれに一万ソルの貸しがあるふりをするなんて許されんぞ。あの船は少なくとも六千ソルの価値はあるんだ」

「誰が盗んだなんて言った？　おれたちは船を手に入れたと言ったんだ、そうだな、ヴァーリン。おまえの耳には盗んだと言ったように聞こえたかね？」

ヴァーリンは返事をしなかったが、彼がブロンディなみに口をあけた笑いを返したのにイーサンは気づいた。

「すべてはおまえが自分でまいた種だぞ、イーサン。なぜそんなにうしろ向きになるんだ？」

「あれはおれの船だ、このとんま野郎！」

ブロンディの笑いが瞬時に消え、充血した目が不意に石のように冷たくなった。

「ちがうぞ、イーサン。あれはおれの船だ。おまえがすっとばしたローンの支払い分にかかる利子を考えてみろ。おれにそんな口をきくというだけで生体解剖してやってもいいぐらいだが、見逃してやろう」

イーサンの目がブロンディの目とがっちりとからみあった。その一方で、イーサンは頭のなかにこの庭園広場の全体像を描き、逃げ道を探していた。彼の背後の道はヴァーリンがふさいでいる。前方では、彼がたどってきた道をブロンディがふさいでいた。両側には別に二本の道があり、見たところ誰もいないようだったが、イーサンはそんなことを信じるようなばかではなかった。ブロンディがここにいるからには、いつものボディガードの連中が周囲をかためているはずだ。だから、この庭園には人けがなかったのだ。ブロンディはこの区画のすべての出入り口を封鎖し、この広場から出る道すべてに部下を張りこませているにちがいなかった。そして言うまでもなく、そっちに逃げようとすればヴァーリンに撃たれるにちがいなく、ヴァーリンはこの〈暗黒星域〉でバウンティ・ハンターとして生計を立てているからには、まちがいなく射撃の名手にちがいなかった。逃げるという選択肢はない。

「あんたは、はるばるおれを殺しにきたのか、ブロンディ？」

犯罪組織のボスは両手を広げた。

「ちがうね、おれがはるばるやってきたのはおれの艦隊用の新たな船を手に入れるためだ。それから、おれに多額の借金を負っている男を見つけて、その男にある取り引きを持ちかけるためだ」

イーサンの目がすっと細くなった。「どういう取り引きだ？」

「おまえの借金を棒引きにして、おまえのかわいい副操縦士ちゃんを解放してやろう。そのうえ、帝国艦隊の士官になりたいというおまえの夢も追わせてやるよ。なかなかいい話だと思わんか？」

人工の日光を浴びて、ブロンディの目が狂的なぎらつきを帯びていた。

「落とし穴はどこだ？」

「落とし穴？　落とし穴とはなんのことだ？　おれはただ、小さな頼みをひとつ聞いてもらいたいだけだ。いや、ふたつかな」

「はっきり言え、ブロンディ」

「そう急ぐな。説明してやるさ、そのうちにな、友よ。そのうちにだ。だがまずは、わがコルベット艦の上でおいしい冷たい飲み物を楽しもうじゃないか。そうすりゃ、人目を気にせずに仕事の話ができるからな」

5

ブロンディは先に立って〈カヴァラス〉という名の古い星系間帝国艦隊（ISSF）セラフィム級コルベット艦のなかを案内した。そのあいだも、ヴァーリンとボディガード隊がじっとイーサンを見張っている。イーサンが囚人用のスタン・コードで両手を縛られていなくても、ブロンディに危害が加えられる心配はまったくない。

コルベット艦のリビングルームにやってくると、ヴァーリンがイーサンを押してアームチェアにすわらせた。ブロンディは部屋の片隅にあるバー・カウンターに行き、飲み物をこしらえた。その部屋は大きく開けたスペースで、清潔で贅沢な白い家具が据えつけられていた。イーサンはこのコルベット艦の贅沢な家具をじっと見て、その値段を頭のなかで概算で足していったが、ばかげた数字になってきたのでやめた。総額のあまりの大きさにいやけがさしたのだ。ブロンディのコルベット艦は金のかかった内装で飾られていた。深いブルーのカーペット、壁に埋めこまれたやわらかな金色の光を放つ発光パネル、白い壁と天井の手のこんだ刳り型(モールディング)、値段のつけられないファイアーガラス——結晶体の奥深くで虹色の光が渦巻いている——の彫刻作品の数々。さらに、もっと値段のつけられない、遠い昔の時代の絵画もあった。人々が芸術のために使う金を持っていた時代のものだ。それを見ると、ほかの人々はどんな暮らしをしていたのだろうと、痛ましい気分で考えずにはいられなかった。まあ、どのみちこんな暮らしをしていたのは、せいぜい一パーセントか二パーセントにすぎないだろう。

「いいか、イーサン。何年か前のあのとき、おれのために働くことに同意していたら、おまえもこういうものを持てる身になってたんだぞ」ブロンディは周囲の壁を手で指し示した。「おまえほど腕利きの操縦士なら役に立つからな」

「おれは前に密輸という犯罪を犯したんだ、ブロンディ。そのせいですべてを失った。同じ間違いを二回犯す気はないね」

「まあまあ、その悲しい話は聞いてるよ。おまえはつかまって監獄にはいった、妻と息子をあとに残してな。ぐだぐだぐだ！　目を覚ませ、イーサン！　おまえにはもう、失うものなど何もないんだ！〈暗黒星域〉は、しゃっきりしてない住人が暮らせるような甘い場所じゃないぞ。罪人どもと一緒にキャビアを食うか、聖人どもと一緒に飢え死にするかだ」

ブロンディは蒸気のあがっている赤く輝くカクテルのグラスをふたつ手にして、部屋をよぎってきた。どうやらそれにはいくらかの刺激剤（スティム）が加えられているようだ。彼はほんのひと口かふた口飲むにとどめようと心に決めた。ブロンディが片方のグラスを屈強なボディガードにわたし、ボディガードがそれをイーサンによこした。

「おれはフェアな男だからな、おまえにもう一度チャンスをやろう。おれのために飛べ、そうすればおまえの問題は、全部おれが解決してやる。何か言うことはあるか？」

「おれに選択の余地はあるのか？」

ブロンディはまたしても大きく口をあけた笑いを見せた。

「おまえが生きていたいんなら、ないな」

「そうじゃないかと思った」

「よし、ではろくでもない動機づけが明るみに出されたことで――」ブロンディはグラスを持ち上げ、イーサンが同じことをするのを待った。「――おたがいの長い有益なパートナーシップが整うように、だな」

イーサンは顔をしかめ、ふたりは一緒にカクテルを飲んだ。が、イーサンはかぐわしい赤いカクテルをほんのちょっとすすっただけでとどめた。それは濃厚なシロップのように甘く、ドライアイスから香り高い蒸気があがり、内部に散っている燐光パウダーのようなもののせいで輝きを帯びていた。ほんのひと口ふくんだだけなのに、イーサンは頭が冴えて思考が明晰になるのを感じた。そしてかなり緊張がほぐれていた。カクテルには明らかに何かのスティムがふくまれていたが、それがどういう種類のスティムかはわからなかったので、イーサンはその影響を警戒した。そして自分とブロンディのあいだにあるトランス(T)ピラニウム(P)テーブルの上にグラスを置いた。

「交渉をはじめる前にアレイラに会いたい」

ブロンディはうなずき、手を打ち合わせると、頭を上げて天井に向かって声をかけた。

「ホロフィールド始動、レベル１」

ふたりの周囲の空気がゆらめき、突然イーサンは見知らぬ場所にいた。相変わらず椅子にすわってはいたが、目をどこに向けても周囲の壁は白から見苦しい灰色に変わり、奥まった照明のやわらかな金色の光は天井をつっきるようにのびている、カバーのない帯状照明の暗く陰気な青い光にとって代わられていた。近くのどこかから奇妙なむせび泣きのような音が聞こえ、彼の目の前には汚れた白いシーツのかかったからっぽの簡易ベッドがあった。小さなのぞき窓からは真っ黒な宇宙空間が見え、片隅にむきだしの便器がある。その光景は彼にはおなじみのものだった——彼は独房のなかに監禁されていた。不意に閉所恐怖の感覚に襲われ、彼はあたりを見まわして出口を探した。そのとき、むせび泣くような音が、独房の鉄格子の前で冷たい床の上に丸くなって横たわっている小さな身体から出ていることに気づいた。その女の頭のまわりには黒い髪が広がり、頬は涙で濡れていた。イーサンは目のくらむような怒りがわきあがってくるのを感じた。慎重にアレイラのほうに歩いていき、身をかがめて彼女の肩に手をふれようとした。が、彼女には彼の手が感じられなかった。彼がいま見ているものはちゃんと実在している。だが彼の存在は幻影同然なのだ。イーサンは彼女の顔をもっとよく見ようとした。そのとき、ぞっとするような紫色のあざで、彼女の片目が腫れてふさがっているのが見えた。

突然、ホロフィールドが消え、イーサンはふたたびブロンディの忌まわしい顔と向き合っていた。イーサンの目は大きく見開かれ、怒りのあまり飛び出しそうになっていた。テーブルの向こう側に飛びかかろうとしたが、力強い二本の手が彼を引きもどし、その場に押さえつけた。ブロンディはまたもやにやにやと笑い、鶏のように舌を鳴らした。

「おまえもおれに監禁されたいわけじゃないよな、イーサン」

「アレイラを痛めつけたな！」

「ちがうね、痛めつけたのはヴァーリンだ。それから、抵抗しようと決めたのは彼女のほうだからな。ヴァーリンがもっと長く残る傷をつけなかったのを感謝するんだな。さてと、しっかりとよく聞けよ。おれは一度しか言わないからな。それにどんどん気が短くなってきてるんだ。おれの手元に、ノヴァ操縦士の制服と、セキュリティ保証書と、IDチップ、それからホロスキンと埋めこみ型（インプラント）の音声合成機（シンセサイザー）がある。それから、そいつ用のノヴァ戦闘機もある」

イーサンは理解不能というように首を振った。

「それでいったいおれに……何をさせたいんだ？　帝国軍士官のふりをしろとでも？」

ブロンディは静かに両手を打ち合わせた。

「大当たり！　おまえは見てくれほどのとんまではないな。そう、まさにそのとおりだ。ここにいるヴァーリンが、たいそう苦労してノヴァどもの弱みをつかんだんだよ、これらの品を手に入れるためにな」

「なんのために？」

「おいおい、イーサン。おまえは賢いと思ってたんだがな。帝国軍に手下を潜入させることができたら、それにどれほどの価値があるか、おまえには想像できるはずだ。考えてもみろ、自分の手下を内部にもぐりこませれば、いろんなことができる。そう、超越公を暗殺することだってできるかもしれんのだ！　そうすりゃ、おれ個人としちゃ大満足ってものだが、おおかた同じように目障りな誰かが後釜にすわるだけだろうな。もうひとつの可能性としちゃ、おれの活動を阻害しそうな帝国軍の諸作戦についての情報を集めてもらうというのもある……だがおれが本当に望んでいるのは何かわかるか？　おれは帝国艦隊に消えてもらいたいんだ。パッ、とな」ブロンディは両手で爆発の仕草をした。「帝国艦隊から、やつらの大事な空母〈ヴァリアント〉が消えたらどうなると思う？　そうなったら、おれに刃向かおうというやつはひとりも残らないだろう。星系間帝国艦隊の最後の無能な生き残りが消滅すれば、〈暗黒星域〉はようやく本当に、やつらのおせっかいな干渉から自由になるんだ」

「そうなったら無秩序な混乱に陥るぞ」イーサンは言った。

「おれたちはすでに無秩序な混乱のなかで生きてるとは思わんのか？　唯一のちがいはもはや徴税されることがなくなり、分不相応に膨れあがって、おれたちの貴重な資源を食い尽くす艦隊が消えるってことだ。ちょっと考えたことがあるか、やつらはなんの貢献もしてないんだぞ？　帝国艦隊は、何ひとつ生みだしはしない。士官どもがおれたちの食糧を食い、おれたちの燃料を燃やし、おれたちの女を利用しているが、何ひとつ返しちゃくれないんだぜ」

「彼らはゲートを守ることでおれたちを安全にしてくれてるぞ。それに、鉱山や農場や工場を守ることで、おれたち人類の悪いやつらからも、おれたちを守ってくれてる。そのささやかな規律がなけりゃ、おれたちは共食い状態になっちまうんだ」

「ゲートを守る必要なんかないんだよ。おまえは気づいてないかもしれんが、ゲートは壊れて機能しないんだ。もはやあれを補修しようとするやつなんぞいやしないし、向こう側であのゲートのことを口にするやつもいやしない。それからおまえが言った鉱山だの農場だの工場についてだが、そういったものは、すでに金持ちの企業に所有されてるんだ。やつらは徴税がなくなりゃ、その金で自前の警備を雇うだろうさ。そう、おれがやろうとしてることはみんなに喜ばれるんだ。巨大空母〈ヴァリアント〉のなかじゃ、五万人を超える乗組員がのらくらしてるって知ってたか？　やつらは何もしちゃいない。〈ヴァリアント〉はけっして動かない。やつらはただ、じっとすわって全長五キロメートルの航空母艦の上で大がかりなパーティーを開いてるんだ。その一方で、おれたちには、守る必要もないゲートを守るためにおれたちの資源を食いつぶしてると公言し、おれたちはおれたちで夜中にぐっすり眠れるという特権のために飢え死にしかけている。やつらがおれたちに与えてるのはまったくの空保証だ、やつらはおれたちに、すでに知っていることを思い出させてるだけだ。〝心配はいりません、裏口のドアはしっかりと閉じてますからね！　あなたがたのためにわれわれがきちんと確認しました。どうぞいい夢を〟ゲートはもう十年間閉じてるんだぞ！　もし向こう側でとんまなサイジアンがあれを開ける方法を見つけたとしても、〈ヴァリアント〉はやつらがやってくるのを見ることすらないだろうよ」

イーサンは顔をしかめた。ブロンディは大嫌いだったが、彼の発言が的を射ていることは認めざるをえなかった。たしかに貴重な資源をからからになるまで吸いつくす帝国艦隊などないほうがいいのかもしれない。それでもやはり気に入らなかったが、こちらに選択権があるわけではないのだ。

イーサンは唇をすぼめ、しばらくためらってみせたが、ほかに選択肢はないんだと自分に言い聞かせた。

「で、どういう計画なんだ？」

「よし！」ブロンディは両手をこすりあわせ、にんまりと笑った。「ほら、だからおまえを雇いたかったんだ。おまえなら同じことを二回説明しなくていいからな。計画はごく簡単だ。超越公の大事な航空母艦に潜入して、破壊工作をしてくれ」

「五万人を殺せというのか」

「五万人を殺すとか考えるな。社会に寄生する五万匹のヒルを殺すと考えろ。やつらに毎日食糧を奪われている大勢の飢えた口を救うんだとな」

イーサンは顔をしかめた。

「それをしたら、アレイラを解放して、おれの借金も棒引きにしてくれるんだな？」

ブロンディはうなずいた。「おまえの船も返してやるさ」

イーサンはためらった。彼は今、悪魔(デヴリン)そのものと直接取り引きをしようとしているのだ。魂と引き替えに、耐えられないほどの良心の呵責と引き替えに、アレイラと自分自身を救おうとしているのだ。自分たちふたりの生命に、五万の生命以上の価値があるのだろうか？　だがブロンディの言っていることは、ある一点で正しい――ものを食べる五万の口が減れば、その結果として、慢性的に食糧が不足しているこの世界で、飢える人間が五万人減るのだ。

「最後にひとつ質問がある」

ブロンディのひたいに、ぴたりとオールバックになでつけた黒髪までしわが寄った。

「なんだ？」

「どうしておれなんだ？」

「おまえには貸しがある、おまえは知恵があって機転がきく、それに訓練の必要なしにノヴァ操縦士に化けることができる腕のある操縦士はおまえだけだ」

「ふうん。せめて出る前に、アレイラに別れの挨拶をするチャンスぐらいほしいものだ。それから、役目の途中でおれが死んでも彼女を解放すると約束しろ」

ブロンディの目がさっと警戒した。

「おい、イーサン、わかってるな。彼女を解放するのはおまえが成功したときだけだ」

「成功しても、生きているとはかぎらん」

「ああ、その場合はこっちも責任を持って約束を果たすさ」

イーサンは眉をひそめ、唇をすぼめて、この犯罪組織のボスは本当にどんな状況であっても約束を果たすだろうかと考えたが、今の彼はこれ以上交渉できる立場にはなく、選択の余地もなかった。

「よし、交渉成立だ、ブロンディ」

ブロンディの充血した目がきらりと光った。彼はふたたびグラスを持ち上げた。

「すばらしい！　飲み干せ、イーサン。むだにするな。そのカクテルは一杯百ソル以上するんだ」

イーサンは不承不承、その身体によくない合成飲料をふたたび口元まで持ち上げた。そのあいだずっと、その飲み物を注視していた。どうせスティムを多少飲んだところで、どれほどのダメージを受けるというんだ？

「〈暗黒星域〉の今より明るく自由な未来に、乾杯」ブロンディが乾杯の音頭を取った。

イーサンはうなずいた。「未来に」そう言うと共に、ふたりはグラスを空けた。

6

イーサンはアレック・ブロンディのコルベット艦の、拘置所エリアの狭い廊下を歩いていた。拘置所デッキは四層あるこの船の最下層にあり、ほかの階の贅沢な家具調度とはまったくちがっていた。ここは徹底してコストを削減してあった。発光パネルは古びてちらつき、壁の塗料ははげ、床の棒格子の下や天井ぞいに走っている導管やパイプはむきだしだった。拘置所エリアは騒音がうるさく、二階にあるこの艦の反応炉から出る熱で暑かった。こんな場所でアレイラが長い時間をすごしているのかと思うと、イーサンは身震いした。

ほどなくアレイラの独房に着き、ホログラム映像で見たように、彼女が独房の鉄格子の前の床に丸くなってころがっているのが見てとれた。頭のまわりに髪の毛が広がり、片目のまわりのひどいあざのせいで顔が紫色にくすんで見える。またもやイーサンは怒りがわきあがってくるのを感じたが、ぐっと押しもどした。ブロンディのボディガードに囲まれていては、ヴァーリンに報復することはできない。

イーサンは独房の前にしゃがみ、アレイラと目の高さが同じになるようにした。彼女の目は閉じていて、以前は大きかった泣き声は、今は静かなすすり泣きになっていた。

「アレイラ」イーサンはやさしい声で言った。「おれだ、イーサンだ」

アレイラは機械油で汚れ、涙のあとがついた顔で彼を見上げた。菫色の目が開いたのは片方だけだったが、視線はすぐに彼を見つけ、彼の顔に据えられた。

「イーハン……はなたもつかまったのね。おめんなさい」彼女の唇は裂けて腫れあがり、ろれつを怪しくしていた。彼女をこんな目に遭わせたヴァーリンを引き裂いてやると、イーサンは心に誓った。チョーリス軌道のステーションでこの賞金稼ぎ(バウンティ・ハンター)にはじめて会ったときに、この男がアレイラをこんな目に遭わせ、最終的にふたりともをブロンディのもとに連れていくと知っていたら、「こっちの知ったことじゃないね」と言うより先に、銃を抜いてこの黒い男を撃っていただろう。

「よう、かわい娘ちゃん。調子はどうだ？」イーサンは言った。

「ろう見える？」アレイラが訊いた。

彼女は片肘をついて上体を起こし、微笑もうとしたが、口が悲しげにゆがんだだけだった。

イーサンは彼女のために笑い返したが、本当は泣いて叫んで殺したかった。殺したいという思いがいちばん強かった。自分の娘をずたずたにされ、それをした男がほんの一メートルほどのところにいるのに何もできない、そういう気分だった。

「そんなにひろいようには見えないね」

自分もろれつを怪しくすることで少しでもムードを明るくしようとした。

「あいつに気をつけて」アレイラは言いながら、相変わらずゆがんだ笑みを浮かべようとしていた。

「おれのことか？」ヴァーリンが訊き、アレイラの視線はイーサンの背後に立っている男たちの一団に向いた。

「デブウィンのことよ」アレイラの視線がイーサンの顔にもどった。

意志の力を総動員して、イーサンは、うしろを向いてバウンティ・ハンターにつかみかかりたいという衝動をこらえた。顔は変わらず笑みを浮かべていたが、目は殺したいという思いで冷ややかだった。

「なあ、アレイラ。おれがここから連れ出してやる。ブロンディと取り引きをしたんだ。それをやればおれたちの借金を棒引きにしておれたちを解放し、船も返してくれることになった……もうすぐ、何もかもよくなるんだ。またふたり一緒になれるぞ、相棒。ずっとそうだったようにな」

「うっとそうらったように……」アレイラは夢見るようにくり返した。それから不意に、はっと夢から覚めた。「イーハン、いったいろういうこと？」

「取り引きをしたんだ。おれたちはもうじきここから出られる、もうじきだ」

「ろういう取り引き？」アレイラは怪しむように訊いた。

イーサンはためらった。「それについては心配はいらない」そして立ちあがった。アレイラのいいほうの目が彼を追いかけた。大きく見開かれた目はおびえて、懐疑に満ちていた。

「イーハン……」

「何もかも大丈夫だ」

「その男の言うとおりだ、かわい娘ちゃん」ブロンディが口をはさんだ。「そいつはあんたのためにでかいことをやると決めたんだ」

アレイラは首を振りはじめた。よろよろと立ちあがり、独房の鉄格子から手をのばしてイーサンの手を握ろうとした。彼女の手がイーサンの手首の包帯に押しつけられ、イーサンは顔をしかめた。何かがおかしいと気づいたアレイラは、イーサンの手をひっくり返して包帯を見つめた。

「あなた、イーハンに何をしたの？」アレイラの視線がとがめるようにブロンディに向けられた。

犯罪組織のボスは首を振った。「話せば長くなる」

「こいつらはおれのIDチップを取り出したんだ、アレイラ。おれは帝国艦隊の士官になりすますんだ……」イーサンの言葉がとぎれた。任務のすべてを話せば、アレイラにどう思われるだろうと考えると、最後まで言えなかった。「ここにいる〝超頭いい〟ブロンディに頼まれてある情報を手に入れるためにね」

アレイラは首を振った。「そんなこと、しちゃらめ」

イーサンは顔をしかめ、彼女の手から自分の手を引きもどした。

「すぐにもどってくるよ、相棒」そう言うと、くるりと踵を返し、歩きはじめた。

「愛してるわ！」アレイラの声が彼を追いかけた。

イーサンは足を止め、ゆっくりと振り向いた。彼女と目が合い、アレイラのいいほうの目に浮かんだ涙が陽射しを浴びたラヴェンダーの花のように瞳をきらめかせるのを見守った。しばらく彼女の視線を受け止めてから、彼は静かに言った。「おれもだ、きみを愛してるよ、アレイラ」そして前に一歩踏み出したが、その肩に手がかけられ、乱暴にうしろを向かされた。

「感動的だな」ブロンディが言った。「だが残念ながらそろそろイーサンは行かなきゃならない。さよならを言うんだな、かわい娘ちゃん」

無理やり引き離されながら、イーサンはうなり声をあげた。「放せ、ブロンディ！」

「おいおい」ブロンディは言った。「辛抱強くおまえを理解するよう努めてきたが、おまえの任務はもうこれ以上先にはのばせないんだ。もどってきたら恋人と睦みあう時間はたっぷり持てるじゃないか」

イーサンはブロンディに射殺すような視線を向けた。「そんなんじゃない」

ブロンディは両眉をぐいと上げ、首を振った。

「本当はどうかなんておれが気にかけると思うか？　さっさと歩け。いろいろと準備をしなきゃならんのだ」

潜入

7

イーサンは、はるか遠くでフォルリス＝エタリス・スペースゲートの透きとおった青い渦が急速に大きくなっていくのを見つめていた。彼のノヴァ戦闘機の推進機関が哮(たけ)り、先端が針のように細くとがった機体のデュラニウム・ベルリウム合金の軽量フレームを通してがんがん響くのが感じられた。手のなかで細かく振動する操縦桿を握りしめ、イーサンはフォルリス＝エタリス・スペースゲートに飛びこんでいった。ノヴァ機の操縦は、貨物船の操縦とはまったくちがっていた。とてもちっぽけな機体に、大きすぎるパワーと、慣性補正システム(MIS)が消し切らずにいるわずかな加速――宇宙空間で操縦士が位置を確認しやすいように、ノヴァ機は多少のGの力はわざとブロックしない――が常に感じられた。加えて、トリガーにかけた人差し指の下に小さなステーションひとつぐらい吹っ飛ばせるパワーが潜んでいるという事実があった。帝国艦隊がこの力をもっと濫用していないのが不思議なぐらいだった——この誘惑に打ち勝つ自制力を持つ人間は少ないだろう。

　イーサンはナビをダブルチェックした。ヘッド・アップ・ディスプレイ（HUD）の上に星図が重なって見え、コンピュータが彼のためにはじきだしたルートを彼は見つめた——フォルリスからエタリス星系へのルート、エタリスからチョーリス星系にもどるルート、それからファイアーベルト星雲（ネビュラ）を抜けてチョーリス＝フィレア・ゲートに行き、ゲートを通ってフィレアに向かう。フィレアは氷の球のような星で、巨大空母〈ヴァリアント〉は、ここの高軌道で〈暗黒星域〉の入り口を守るべく駐屯しているのだ。

　航行時間を概算すると、一時間ちょっとだった。スペース・ゲートはほぼすべてが隣接しているので、観光しに行きたいというのでもなければ、通常空間で長い時間をすごす必要はない。

　一時間というのはたいした長さではないが、それだけあれば新たな身分と経歴を復習すると共に、ノヴァ機の操縦に慣れることができそうだった。イーサンは操縦席にゆったりとすわり、短く刈りこんだばかりのごま塩頭を片手でなでつけた。ホロスキンは人の周囲にホロフィールドを投射して容貌を偽装することができるが、触覚的認識をだますことはできないので、前のような長髪のままだと、誰かにさわられたらすぐに見破られるからだ。イーサンには偽装の微細な点を見破られるほど近くに誰かを来させるつもりも、親しくなるつもりもなかったが、そういう可能性があることは否定できなかったのだ。

イーサンの新しい名前はガーディアン＝5（ファイヴ）のアダン・〝キレ技男（スキッドマーク）〟・リーズ中尉だ。二十一歳で、性格は傲慢で粗野で向こう見ず。両親はフォルリス表面の農業ドームで働いており、〈ヴァリアント〉の乗組員のなかに近親者はいない――彼の編隊僚機（ウィングマン）である、ガーディアン＝6（シックス）のテドリス・〝地獄男（ブレイズ）〟・アシュトフ中尉を除いては。

リーズ中尉が最後につきあっていた女性は同じ戦隊仲間だった。ガーディアン＝4（フォー）のジーナ・ジョード狙撃手（マークスマン）だ。彼の戦隊の指揮官はヴァンス・〝灼熱男（スコーチャー）〟・ランジェル少佐で、ガーディアン戦隊のほとんどは〈暗黒星域〉のパトロールに出ている。が、万が一に備えて、全員に関するすべての詳細情報が、イーサンの耳のうしろに埋めこまれたホロカード・リーダーにはいっている電子書類に載っていた。そのファイルは、イーサンがチョーリス・ステーションで出くわした本物のアダン・リーズのデータベース検索から急遽まとめあげたものだった。ヴァーリンがこの士官の人生を盗むために知るべきことをすべて調べあげるのに、ほんのひと晩かかっただけだった。この若者が調べやすかったのだろうか、それともヴァーリンの検索技術が卓越しているのだろうかと、イーサンは考えた。

イーサンは頭のなかでファイルを閉じ、外の星に注意を向けた。星々がきらめき、燃えあがるのをじっと見つめる。彼はマニュアルや取り扱い説明書を読むタイプではなかった。まず飛びこんであれこれ見つけ出すほうが性に合っていた。潜入するにあたっていちばんいいのは、口をつぐんでしっかりと聞くことだ。そう考えた。周囲の人間にちゃんと機会を与えれば、みんな喜んで、自分たちについてイーサンが知る必要のあることを教えてくれるだろう。とにかく静かに観察し、できるかぎり他人と親しくならないことだ、そして〈ヴァリアント〉に破壊工作をするチャンスを待つ――簡単にはいかないだろうし、そのあと逃げおおせるのはさらにむずかしいだろう。

イーサンは顔をしかめた。自分がやろうとしているのが人類のためにいいことなのか、よくわからなかった。人口がすでに低迷しているというのに、五万人もの男女を殺そうとしているのだ。絶対に、もっとましな方法があるはずだ。

もしかしたら、力ずくで彼らを社会の生産労働力に変えることができるかもしれない。なんらかの方法で彼らの空母に緩慢な死を迎えさせ、修理は無理だが退避はできるという程度の時間を与えてやれば、みなほかの仕事を見つけて、最終的には社会の食糧寄生虫ではなくなる——双方にとって有益な結果だ。これならブロンディも反論できないはずだ。彼の任務は空母〈ヴァリアント〉の破壊で、イーサンはそれをやるつもりだ。それには乗組員を殺すことも含まれているが、その目的を果たすために必須というわけではない。

今、どちらの方向を見ても、見えるのはフォルリス＝エタリス・ゲートだけだった。透きとおった青い門に向かい、彼は恐るべきスピードで突進していた。「幸運（グッド・ラック）を祈る」自分に向かって言う。「おまえにはそれが必要だ」そのとき、光化学反応の閃光が起きてゆらめく光の波紋が流れ、時間が拡張した。

ファイアーベルト星雲の最後にしてもっとも危険な部分を通り抜けながら、イーサンの目はノヴァ機の重力計とHUDのあいだを行き来した。HUDは小惑星が射程距離内にあらわれれば、即座に夾叉攻撃（ブラケット）（目標物をはさみこむようにして前後に着弾するように撃つこと）をする。この星雲は過去十年間で少なからぬ数の不注意な船の生命を奪ってきた。この乱れた赤い星雲では、惑星サイズの大きさがありながら小惑星とおなじくらい動きが速い物体がたくさん渦巻いているからだ。この星雲のせいで、エタリス＝チョーリス・ゲートからチョーリス＝フィレア・ゲートまで横断するのに、通常航行でほぼ半時間かかっていた。後者のゲートはこの星雲の内部にあるのだが、ジャンプルートぞいに連ねて設置された安全ブイが、安全なルートを提供してくれている。ブイのおかげで、イーサンは小惑星が急速に接近してくるという徴候を見るや、すぐさまSLSから抜け出せる。だがその場合には、自前のSLSドライヴを使ってジャンプを再開しなければならず、ゲートを使うよりもよけいに高価な燃料を使うことになる。だがそれでも死ぬよりはるかにましだった。通常航行では、この星雲内の小惑星はじゅうぶんに遠く離れているので、目にすることはめったにない。そのためたいていの操縦士は油断して、飛んでいるあいだは安全だという間違った感覚に陥るのだ。だがイーサンはそんな油断をするつもりはなかった。しっかりとノヴァ機の操縦桿を握り、目を見開いて飛んでいた。

その用心はほどなく報われた。未知の重力場接近に、遠くの赤い星雲を背景にブラケット線の黄色いカギカッコが六組あらわれた。だがその一瞬後、その接近物は小惑星ではなく宇宙船だとわかった。ブラケット線の下にあらわれた艦船認識コード(SID)を見て、イーサンは顔をしかめた。不意に黄色いブラケット線二組が緑に変わり、あらわれた戦闘機が味方であることを示した。とそのとき、星雲のなかで黄色い引き裂くような砲撃が炸裂し、ほかの四組のブラケット線が赤に変わった。味方のターゲット二機はノヴァ戦闘機だと確認され、敵ターゲットは〝未知の型〟と表記されていた。

通信機（コム）からガーガーと雑音が流れ、それから大音量でしゃべり声が聞こえた。

「あいつ、ミサイルでわたしをねらったのよ！」

操縦士の声は女性のものだった。イーサンのターゲット捕捉コンピュータが自動的に、話しているのはガーディアン＝4（フォー）——ジーナだと認識した。

「揺さぶってやれよ。おれがやつの尻尾に霰弾を落としてやる」

こう言ったのはガーディアン＝3（スリー）と表示された。イーサンがファイルを見て名前を覚えるのをあきらめた大勢の操縦士のひとりだ。

上出来だ、とイーサンは冷ややかに考えた。同じ戦隊の同僚操縦士二人に出くわしたわけだ。しかもそのひとりは、なりすましているやつのもと恋人ときた。イーサンは慎重にコムをオンにした。ブロンディが見つけてきた音声合成機がちゃんと役に立つことを祈っていた。

「こちらガーディアン＝5（ファイヴ）、手を貸そうか？」

「あら……」ガーディアン＝4がつぶやいた。「あんたは任務に出てると思ってたわ、ファイヴ？」

「今もどってきたんだ」

「こいつらをさっさと始末しようぜ」ガーディアン＝3が割ってはいった。「おれたちはここで偶然、海賊基地を見つけたんだ。で、やつらが歯向かってきたんだ」

その点を強調するように、引き裂くような砲撃音がコムを通じてやかましく響き、3は汚い悪態をつきはじめた。

「了解」イーサンは言い、ノヴァ機のダイミウム・レーザーを発射した。

ノヴァ戦闘機の操縦席にすわってまだ一時間ほどだというのに、もう戦闘に参加している。どうやらおれの5A級の腕前を立証しなきゃならんようだな。イーサンは最初に見つけた敵にターゲット照準を合わせ、照準が緑色に点滅し、静かな音をたてるのを見守った。トリガーを引くとファイアー・リンクした赤いレーザーが三条、甲高い音をたてててターゲットに向かって放たれ、急に解き放たれたエネルギーの威力でイーサンの戦闘機が揺れた。音は本物ではなく合成されたもので、ダッシュボードのスピーカーから出ている。レーザーが命中し、追いかけていたずんぐりした双胴戦闘機から燃えあがるかたまりがちぎれた。敵は即座に逃げはじめ、攻撃隊形から逸脱した。

「助けてくれてありがとう、スキッドマーク」ガーディアン＝4が言った。自分に向かって話しかけているのだとイーサンが気づくまでに、ちょっとかかった。「どうやらあんたって、ただのとんまじゃなかったようね」

イーサンはにやりとして方向舵を踏みつけ、次の敵機にターゲット照準を合わせた。

だが、その機はイーサンがレーザーをロックオンするより先に、急転してこちらに向かってきた。一秒後、敵機からまばゆく金色に輝くリッパー弾が発射された。最初のいくつかの弾はホットプレートに落ちた水がたてるような音を出して、イーサンのキャノピー・シールドにはじかれ、彼の照準からはずれて戦闘機を揺らした。イーサンはターゲットをふたたびとらえなおそうとしたが、もういちど照準を合わせるより先にコックピット内に警報サイレンが鳴り、前部シールドが危険なまでに消耗していることに気づかされた。

イーサンは方向舵を踏み、機を押し伏せるようにひるがえして回避行動にはいった。砲弾が外甲(アーマー)に跳ね返るドンドンという音が聞こえ、コンピュータの合成音声が告げた。

「前部シールドが消耗しています」

イーサンは歯をくいしばり、高Gターンをどうにかやってのけた。

HUD上のシールドの状態を知らせる目盛り(ゲージ)がちかちかと光りはじめ、彼の注意を引いた。この機の2D構造図面のまわりに四色の枠のようなものが並び、それぞれのなかでパーセンテージの数字が光っている。後部シールドは青——百パーセントだ。前部シールドは赤——ゆっくりと回復しつつあって二パーセント。両側面のシールドは緑色で九十パーセント。シールド表示画面の下にひとつの単語がちかちかと光っていた——

《平等化せよ》。イーサンは声でコマンドしようとした。「シールドをイコライズしろ」

少しずつながら、四つの枠がすべて緑色に変わっていくのを、イーサンは見守った。またもや砲弾が命中し、彼の機は弾幕を浴びて激しく揺れた。後部シールドが一瞬にして赤に変わり、三十五パーセントまで数字が下がった。イーサンは必死で戦闘機をひるがえし、かわしにかかった。右舷側に機体を傾け、左舷側に横すべりして急上昇する……だが何をしようと敵操縦士はぴたりとうしろについてきて、スクリーンで見るとずっと彼のまうしろにいた。

「こっちに救援をほしい……」イーサンは言った。

「ラジャー、おれが行く、スキッドマーク」3が言った。「がんばれよ……」

イーサンの機体がふたたび激しく揺れ、シールドがエネルギーを分散するのが感じられた。警告音声が聞こえた。「後部シールドは致命的」イーサンは歯噛みして、機体がうしろから引き裂かれる爆発の衝撃を待ち受けた。

そのとき、コムから声がした。「ミサイルがそれた！ アフターバーナーに点火して逃げろ、ファイヴ！」ガーディアン＝3だった。イーサンは必死でアフターバーナーの点火スイッチを見つけようとした。まだ機能が皆目わからないボタンがたくさんあった。まだノヴァ機の基本的操作を知るぐらいの時間しかたっていない。ターゲットに照準を合わせて撃つことができたのが奇跡といえるぐらいだ。

「ファイヴ、敵はおまえに照準を合わせて撃とうとしてるぞ！　逃げろと言ってるんだ！」

「アフターバーナーを使いきってるんだ、スリー！」

イーサンはうそをつき、スロットルを下げて右舷側の補助推進用ジェットを点火して、敵機の前から横にすべり出ようとした。だが、彼のうしろを飛んでいる敵操縦士はイーサンとまったく同じことをやってのけた。イーサンはパニックが胸をしめつけるのを感じた。敵操縦士は急加速したり急旋回して離れてみたりして、彼をいたぶり、最後の瞬間でミサイルを撃とうとしている。イーサンは苦い顔をした。「振り切れない！」

「くそ！」3が言い、コムを通じてダイミウム・レーザーが発射されるキーンという音がイーサンにも聞こえた。一秒後、すさまじい爆発に機体が揺さぶられた。周囲一面に燃える破片が降り注いだ。破片のひとつが蒸気をあげながらゴツンとイーサンのキャノピーにぶつかり、前部シールドの数字をいっきに十パーセントに引き下げて、船のコンピュータからまたもやシールド破損危機警報を引き出した。イーサンはすばやくスロットルを全開にし、ほかの敵に撃たれる前に、広がりゆく破片の雲の下からすべり出た。

「問題は解決したぞ、スキッドマーク。向こうがターゲットに接近する前に霰弾をお見舞いしてやった。ありがたいことに向こうのシールドはすでに弱まってたんだ。あとの二機は逃げやがった。まあ、逃がしてやろう。追いかけるのは燃料と弾薬のむだだ。おれたちはここで待機する。歩哨ロボ（センティネル）がやつらの基地を攻略しにやってくるまでな」

「あいつらがこんな、わたしたちのすぐそばに隠れてたなんて信じられないわ、わたしたちのすぐ鼻先にいたのよ！」ガーディアン＝4、ジーナが言った。「あいつら、こっちのコム中継を切断したのを幕開けにして、部隊のひとつを襲撃しようとしてたにちがいないわ」

「ありそうな話だ」3が応じた。

イーサンのファイルによると、ブロンディの一味があらかじめコム中継をとだえさせ、それを口実にイーサンが〈ヴァリアント〉に帰還して任務の報告を直接伝えることになっていた。

「整列せよ、ガーディアンども」3が言った。「よろめきVフォーメーションだ」

「ラジャー」イーサンは応じた。

よろめきVフォーメーションがどういうものかよくわからなかったが、多かれ少なかれV字形に近いものだろう。彼はジーナのノヴァ機のすぐうしろに戦闘機をつけると、加速して彼女の横に並んで飛び、3のうしろについた。

「アダン、〈ヴァリアント〉にもどる前にガーディアン＝6と会う予定じゃなかったのか？」

コムの表示にすばやく目をやると、訊いているのはガーディアン＝3だった。「彼はフォルリス・ステーションで遅れが出たんだ」イーサンは言った。本当のところは、彼は死んだのだ。アダンと同じに。ふたりはノヴァ操縦士を殺した犯人を捜査しにきたのだが、すぐさまその犯人の犠牲になったのだ。「燃料系統に問題があってね」イーサンは続けた。「故障がなおりしだい、追いかけると言っていた」

「このいまいましい戦闘機どもはすぐ故障しやがるからな」3が言った。「やれやれ、やつがひとりきりでいるあいだに始末されないことを願うしかないな。ノヴァ操縦士は最近、よく狙われるんだ。まるでおれたちがみんなの敵だとでもいうみたいだ。味方は誰もいないのさ」

「どうやら誰も、わたしたちが毎日みんなのために生命を賭けてがんばってることを評価してくれてないようね」ジーナがふんと鼻を鳴らした。

「まあな、おれたちの苦労が誰にわかるっていうんだ？」3が言った。

イーサンは顔をしかめた。彼らがなんのことを言っているのかわからなかった。帝国艦隊が活動しているところなど、ほとんど見ることはない。生命を賭けているなどと、どうして言っているのだ？

「おれが出かけてたあいだ、いっぱい働いてたのか？」

「この海賊退治を別にすりゃ、たいしたことはしてない。本格活動の合間のいい息抜きになったよ。でもまたじきに老ドミニクの命令で、ゴミさらい競走に送り出されるんだからな、ここに長居できるやつなんていやしない」

イーサンは何か重大なことを見逃しているような気分になった。ゴミさらい競走だと？

「前回のゴミさらいで、何か変わったものは見つかったか？」

「おいおい、みんながゲートを通ってもどってくるまで、おれたちにはわかりゃしないよ。でもどうせ同じようなものばかりさ——生き残りの人間とか、艤装品とか、船とか」

イーサンの脳内でパズルのピースが見えてきた——生き残りの人間とか艤装品とか船がゲートを通ってもどってくる？　うっすらとわかってきた。突然、周囲の赤く渦巻く星雲を見ていたイーサンの目の焦点が失われた。

「ファイヴ、しっかりしろ、横すべりしてるぞ！」

「すまん……ちょっと気をとられてたんだ」イーサンは答えた。

信じられなかった！　超越公はゲートをふたたび開いていた、そしてゴミさらい部隊を送りこみ、あちら側の銀河に漂っている帝国（ISS）の残骸を拾っていたのだ——サイジアンがはびこっているすぐそばで。誰かがついうっかりして、サイジアンどもに〈暗黒星域〉まで尾行されてくるのは時間の問題でしかない。超越公は人類をそんな危険に陥れているのだ！　突然、帝国艦隊を一掃するというブロンディの計画が必要悪のように思えてきた。

8

歩哨ロボ（センティネル）たちがやってきて、海賊たちが基地にしていた小惑星に着陸し、基地を一掃して有用な装備をすべて分捕り、それから爆薬をセットしてふっ飛ばし、宇宙の塵にするまで、一時間ほどだった。それから、彼らはチョーリス＝フィレア・ゲートを通ってもどっていき、あとにはファイアーベルト星雲が残された。

今、イーサンはナビ上の通常航行へのタイマーがカウントダウンするのを見守っていた。カウントがゼロになったとたん、ＳＬＳのまばゆく流れる星の動線が消えて真っ黒になり、遠くに惑星フィレアの白と青がまだらに入り混じった氷の世界が見えた。フィレア上空の高軌道上で、ゲートのすぐ前に横たわっているのが〈ヴァリアント〉——全長五キロメートルの巨大なグラディエーター級航空母艦——だった。帝国艦隊で生き延びたなかで最大の戦闘艦であり、〈暗黒星域〉のゲートを守るただひとつの守護者（ガーディアン）だ。なぜなら、星系間帝国艦隊（ＩＳＳＦ）のもっと小さい巡航艦や駆逐艦は〈暗黒星域〉に散らばってパトロールをしているからだ。〈ヴァリアント〉には艦長二百八十メートルのヴェンチャー級巡航艦が二隻搭載されている。それはサイジアン戦争がはじまった当初、帝国艦隊の主力艦だった。当初は五千隻以上あったが、今ではわずか五隻を残すのみだった。

フィレアの氷に包まれた夜側を背に、空母〈ヴァリアント〉は黒々と輝いていた。空母の高屈折率の強化デュラニウムの艦体が、フィレアの夜が明けかけた縁に弱々しく顔を出したこの星系の赤い太陽の最初の光をとらえ、反射していた。この惑星の岩だらけの月が、〈ヴァリアント〉のうしろに黒いシルエットのように横たわり、その片側に〈暗黒星域〉のゲートがあった。スイッチを切られ、封印されているはずのゲートが。

イーサンは唇を決然と引き結び、〈ヴァリアント〉を見つめた。これが彼のターゲットだ。どうにかして、この空母を破壊しなければならない。ブロンディのもくろみをかなえるためではなく、〈暗黒星域〉の安全を超越公ドミニクの手から守るために。超越公はこのゲートを通じて戦闘艦を送り出しているのだ！　絶対にその危険はわかっているはずだ。尾行されていても気づいていないのかもしれない。サイジアンどもは前に隠蔽シールドを使ってこちらの戦闘艦にぴったりと寄り添い、スペース・ゲートを通っていたのだ。今回も同じことをするだろう。

「しっかりしろ、ファイヴ……」ガーディアン＝3（スリー）が言った。

そろそろイーサンの気に障りはじめていた。イーサンはたしかに、フォーメーションを組んで飛ぶことに慣れてはいない。だがわずか数メートル、ラインからずれるたびに指摘するやつがいるか？

　イーサンはコムをクリックするというありふれた手段で注意を認識したことを伝え、編隊長をなだめるために、ほんの数度、ノヴァ機の角度を修正した。ブロンディにもらった調査ファイルにすばやく目を通し、ガーディアン＝3がイシカス・〝ファイアースターター〟・アダリ大尉だということを知った。この男は杓子定規な性格で、規則どおりに行動する操縦士だが、ひどいむら気ですぐにけんかをふっかける癖があり、それが〝火つけ屋（ファイアースターター）〟という呼び名（コールサイン）の由来になっていた。

　三人は〈ヴァリアント〉の艦体中央部にある格納庫に近づいた。まもなく目の前に空母が大きくそそりたち、イーサンの視界にはほかに何もはいらなくなった。空母の横、口を大きく開いている腹部格納庫の近くで空母と並んで飛んでいる小さな点が目に留まった。一瞬後、その点は実は、この空母が搭載している艦長二百八十メートルのヴェンチャー級巡航艦のひとつだということに気づいた。〈ヴァリアント〉の横では、巡航艦がしみのように見えるのだ。

　イーサンは畏敬に打たれて首を振った。空母の艦体の細かな点が次々にはっきりと見えてきた。〈ヴァリアント〉の上にはビーム・キャノン砲やパルス・レーザー砲が林立し、この艦の対ミサイル迎撃システム（AMS）として機能する小口径、中口径のリッパー砲塔もいくつかあった。

空母の格納庫に近づくにつれ、その格納庫の内部におさめられたノヴァ戦闘機と迎撃機が際限なく並んでいる眺めによって、格納庫のとてつもない大きさがわかってきた。三人はスロットルを逆噴射し、エネルギー転換のやわらかなシズル音をたてて、スタティック・シールドを通り抜けた。スタティック・シールドというのは内部の空気を出さない程度の強さの圧力でバリヤーをつくる、弱めの大気シールドのことだ。バリヤーではあるが、宇宙船はダメージを受けることなく通過することができる。戦争中には、このシールドはもっと重厚なビーム&パルス・シールドで増強され、敵の船やミサイルが格納庫にはいりこむのを防いでいた。当時のノヴァ機はレール・ランチャーに搭載され、激戦地帯に飛びこんだときに敵をよけることができるように高速で射ち出されていた。だが、攻撃を受けている最中にノヴァ機を回収するにはさらに複雑な操作が必要で、戦闘機操縦士と格納シールド・オペレーターの双方が完璧にタイミングを合わせる必要がある。

眼下の格納デッキにグランド・クルーがひしめきあい、空母の自動操縦機能が戦闘機を空いている架台に導くのを、イーサンは眺めていた。グランド・クルーは着陸した戦闘機のまわりに群がって通常の整備を行い、場合によっては大がかりな修理をすることもある。眼下に見える光景にとまどい、イーサンは眉をひそめた。帝国艦隊は戦闘機が不足しているという印象をずっと抱いていたが、ここ、空母〈ヴァリアント〉の六つの格納庫のひとつのなかだけでも、少なくともまる一飛行団——六個飛行大隊——分がおさまっている。〈暗黒星域〉のゲートを守る現役任務についているのは二個大隊だと報告されているが、それよりはるかに多かった。聞こえている話がうそなのか、これらの戦闘機がすべて、使用できない故障機なのかのどちらかだ。

おそらく、聞かされていた話がうそなのだと考えるべきなのだろう。なんといっても、超越公は〈暗黒星域〉の向こうのサイジアンどもに占拠されている領域に遠征を命じていながら、ゲートは完全に封印されているとみんなに言っているのだから。

イーサンのノヴァ戦闘機は、分厚く炭素にまみれている迎撃機の横にどすんと着地した。その機体の横腹には深いうねのようなすじがいくすじも穿(うが)たれ、キャノピーがあるはずの場所にはぎざぎざした黒い穴があった。この機に何があったかは知らないが、操縦士が生きていないのは確かなようだ。

イーサンがキャノピーを開けるボタンを押すと、気圧を平等化(イコライズ)する空気ポンプのピストンが動く静かな音がして、トランスピラニウムバブル（TP）がゆっくりと昇ってきた。格納庫からひんやりした風がはいってきて、一緒に反応炉の冷却剤やスラスターの機械油、レーザー・ガスのつんとするにおいが流れこんできた。イーサンは窮屈なコックピットから這い出し、自機の側面に飛びおりた。ノヴァ機から何本か出ている着陸支柱を磁気クランプがロックする音が聞こえた。磁気クランプは人工重力が故障した場合に機体がいろんな方向にすべるのを防ぐものだ。

　イーサンはデッキ上に立ち、しばし呆然とあたりを見まわしていた。いくつものスラスターがスピンアップしたりクールダウンしたりする音や、グランド・クルーが遠くからどなりあう声が聞こえ、格納庫の拡声装置（PA）が、ブリグス中尉に補給係将校まで出向いて報告するようにとがなりたてていた。

　イーサンがあっけにとられていると、誰かがうしろからやってきて、背中をたたいた。振り向くと、平均的な身長の、濃い金髪に怒ったような琥珀色の目をした女性を見下ろす格好になった。女性の顔はきつかったが、魅力的と言えないわけではなかった。

「わたしの尻（ケツ）を救ってもらったお礼に一杯おごらなきゃね」

　これがジーナだな。イーサンはそう判断した。

「それは言わない約束だ。ファイアースターターはどこだ？」

ガーディアン＝3のコールサインを自然に聞こえるように言おうと努めたが、彼の耳には自分の発言で自然に聞こえるものはひとつもなかった。彼の音声合成機は正確に、彼が身分を盗んだ死んだノヴァ操縦士の声をまねしていた。

「彼は故障したレーザー砲のことで、航空機メカニックと言い争ってるわ。先に行ってましょ。指揮官どののオフィスで報告聴取を受けなきゃ」

イーサンはぼんやりとうなずいた。「お先にどうぞ」

ジーナは踵を返し、焼け焦げたりぼろぼろにつぶれている戦闘機が並ぶ果てしない列のあいだの通路を無言で進みはじめた。イーサンは歩きながら、顔をしかめて戦闘機を一機ずつ見ていった。

「どうやらおれが思ってたより、はるかに激しい抵抗に遭ってたようだな。でなきゃ、誰かが〈ヴァリアント〉のビーム砲をもてあそんでたみたいだ」

ジーナが振り向いて、けげんな目つきで彼を見た。

「ここにある戦闘機は、戦争後ゴミさらいで拾ってきたものよ、アダン。知ってるでしょ」

イーサンはうなずいたが、彼女と目を合わせまいとした。

「ああ、ちょっとジョークを言ってみただけだよ、ジーナ」

ジーナはふんと鼻を鳴らした。

「ちょっと、柄にもないことをしないでよ。ジョークなんてあんた、言ったこともないじゃない」

「それじゃ、おれの柄ってどういうやつだ？」

ジーナは冷ややかな目を向けた。

「動くものはなんでも撃って始末することよ」

イーサンはひねた笑みを浮かべた。

「褒めてもらってるのかよくわからんが、ありがとうよ」

「そうね、会話をするっていうのもさっき言ったあんたの柄じゃないから、このへんでやめときましょ」

「おれが何をしたっていうんだ、ジーナ？」

イーサンは訊いた。アダンとジーナのあいだに何があって関係が終わったのか、興味があったのだ。

ジーナは振り向き、辛抱強く両眉を上げた。

「本気で言ってんの？　わたしにそれを訊く？　何をしたかはよおくわかってるはずよ」

イーサンは肩をすくめた。

「だからって敵対する必要はない」

「友だちになる必要もないわ」

それをしおに、イーサンはこの話をやめることにした。彼女の言うとおりだ。ここには友だちをつくりにきたわけではない——その真逆だ。

格納庫の奥の壁まで歩くと、ジーナは先に立って、待ち受けていた軌道車に乗りこんだ。一緒に五、六人のグランド・クルーと操縦士が乗りこんだが、そのなかにガーディアン＝3がいて、つくり笑いをしながらイーサンのほうに歩いてきて、言った。

「どうも腕が落ちたようだな、アダン」

軌道車は小さくガタンと揺れて発進し、急激に加速して目のくらむようなスピードになった。トンネルの壁がかすみ、発光パネルの光が流れるすじのように走っていた。ジーナが軌道車のドアのわきに埋めこまれたホロスクリーンに目的地を打ちこむのを、アダンことイーサンは見守った。乗客たちはそそくさと車輛の左右に並んでいるシートを確保し、すわっている。イーサンもそれにならい、ガーディアン＝3の横にすわった。シートベルトを締め、それから同僚にちらりと笑ってみせた——傲慢なアダン・リーズがやりそうだと思えた顔で。

イシカス・アダリはにらみ返してきた。彼もイーサンと同じく大柄で体格がいい。薄くなりかけて頭にぺたりとはりついている黒髪を短く切り、フライトスーツの左袖の下からゆっくりと脈打つ青いタトゥがのぞいていた。顔はやせて細く、イーサンより五歳ほど若いように思える——とはいえ、イーサンのホロスキンが投射しているのは二十一歳の姿だということを思い出さなければならなかった。イシカスの顎は角張っており、鼻はゆがんで、ハニーブラウンの目は怒ったようにぎらついていた。この男は見るからにひどい癇癪持ちで、鼻は少なくとも一回はへし折られている。それは、この体格の男にとって褒められたことであるはずがなかった。

「おれの腕が落ちたって?」イーサンは鼻を鳴らしてくりかえした。「まさか」

「もうちょっとで味方を撃つところだったし、しょっちゅうフォーメーションからはずれてたじゃないか。飛び方を忘れでもしたか?」

イーサンはぎりぎりと歯噛みした。ノヴァ機のコックピットにすわったのはほんの二時間前なのだ。まだ操縦に慣れていないせいだ——自分の戦闘機の微妙な個性にも、動きののろい古貨物船〈アトン〉とは比べものにならない高性能戦闘機の、ほとんど抑制のきかないむきだしのパワーにも。あらゆる操作が大げさだった貨物船に比べると、ノヴァ機はほんのちょっと操縦桿を震わせただけできりきり舞いをしてしまう。原因ははっきりと、慣れていないせいだ。だがもちろん、そう言うことはできなかった。

イーサンは肩をすくめた。「おれはちょっと疲れてるみたいだ、ダチ公」ブロンディのつくったアダンの調査書には、イーサンがふだんしゃべるときに加えるべき若者らしい語彙のリストがついていた。本当のアダンを知っている人々の耳には、自分に聞こえているほど奇妙に聞こえていませんようにと願った。

ガーディアン＝3はせせら笑い、顔をそむけた。

軌道車内に自動音声が響いた。「もうすぐパイロット・センターです」

ジーナはシートから立ちあがると、車両中央に立っている垂直バーのひとつをつかんだ。イシカスも立ちあがり、イーサンもシートから立ちあがろうとしたが、うめき声が漏れた。ノヴァ機のコックピットに長時間閉じこめられていたせいで、筋肉が痙攣を起こしていた。

ジーナは彼を見上げ、足先まで見下ろしてにんまり笑った。

「あんた、大丈夫なの、引退選手さん？」

「大丈夫だよ、お世話さま」

軌道車はスピードダウンして止まり、イシカスがドアのほうにうなずいてみせた。

「行くぞ」

軌道車を降りると、広い通路に出た。輝く灰色と黒の壁に、沈んだ色調の青と白の発光パネルがついていた。天井に太い銀色と灰色のパイプが取りつけられ、通路の中央を走っている。電気用導管と水道管と下水管とエアダクトだ。艦隊の船では、誰も美観を考えてこうしたものを隠そうとしたりはしない。

通路のほとんどには誰もいなかったが、一度だけ前方に清掃ロボットがいて、単調なウィーンという音をたてながら床を磨いていた。三人は無数の隔壁とドアの前を通りすぎた。ドアにはすべて、まばゆい青色に輝く文字が書かれた黒いプレートがついていた。番号のついたシミュレーター室の並び、士官用食堂、〝ベースメント〟と呼ばれる娯楽室。ここではなかにいる男女のどんちゃん騒ぎがくぐもった音になって漏れ聞こえてきた。それから、トレーニング室と講義室があり、その先にさまざまな指揮官の名前と階級が書かれたラベルのついたオフィスが並んでいた。そうしたオフィスとトレーニング室のドアについているTPパネルはみな暗かったが、ひとつだけ、金色の光が弱々しく通路に漏れている部屋があった。ガーディアン＝3がふたりを連れてきたのはここだった。明るく輝くドア・プレートには、《ランジェル少佐》とあった。ガーディアン＝3が足を止めてドアをノックすると、ドアは自動的に開いた。

ドアの向こうの小さなオフィスに、三人は一列になってはいっていき、つややかな白いデスクの前まで歩いていった。背後でドアがシュッと閉まった。デスクの向こうには、骨ばった顔に強烈な光を放つ青い目を持った小さな男がすわっていた。強烈な視線を除けば、ありふれた温かみが人間性をのぞかせている。男は帝国艦隊の白い縁どりのついた黒い制服を着ていた。制服の左袖の上のほうについている階級章は、少佐を示す特徴的な金色の山形袖章（シェヴロン）の中央に銀色のノヴァ戦闘機の絵が描かれたものだ。指揮官の背後に大きなのぞき窓があり、夜明けを迎えたはるか下の惑星フィレアが青白い三日月のように見えていた。

ガーディアン＝3、イシカス・アダリは指揮官のデスクの前に立ち、敬礼をした。イーサンとジーナも同じように敬礼し、指揮官はうなずいて言った。

「楽にしてくれ。報告を」

まず、イシカスが口を開いた。

「われわれがチョーリス＝フィレア・ゲートのところで修理クルーがゲートのコム中継の故障を調べにくるのを待っていたら、四機の海賊機が襲ってきました。コム中継機がリッパー砲で蜂の巣にされていたんです。海賊機どもはみなリッパー砲を装備していました。やつらが壊したのはほぼ確実です。海賊どもはファイアーベルト星雲にある小惑星のひとつに一時的な基地をつくっていました。明らかにわれわれの船団が通りかかるのを待ち伏せしていたんです。やつらはわれわれに遭難信号が聞こえないように、コム中継機を破壊したにちがいありません。戦闘の最初でアダンが加わって、われわれは敵機を二機破壊して、さらにもう一機を、逃げ去る前に破損させました。海賊基地は原始的なもので、歩哨ロボ（センティネル）たちが使用できる装備や装置をわずかながら回収し、それから基地を粉砕しました」

指揮官は顔をしかめ、考えこみながら顎をさすった。

「よろしい。その海賊の素性を示す手がかりはあったか？」

イシカスは首を振った。「やつらはうまく素性を隠していました」

「ふむ。調査員たちに押収物を調べさせて手がかりを探させよう。解散」

指揮官は手を振って、言った。三人はまわれ右をしたが、ヴァンスは首を振ってイーサンを指差した。「おまえはだめだ」イーサンは足を止め、指揮官のデスクの前にもどった。

あとのふたりが出ていくと、指揮官は眉を上げ、前に身を乗り出した。それをきっかけに、イーサンは口を開いた。

「自分は〈ヴァリアント〉に帰還する途中で、ガーディアン＝3と4に偶然出くわしました。ふたりはすでに攻撃を受けていたので、自分も参戦したのです。あとはさっきスリーが言ったとおりです」

指揮官は首を振った。

「わたしはそんなことを知りたいのではない。わたしが知りたいのは、おまえの任務がどうなったか、そしてなぜウィングマンを連れずにひとりでもどってきたのかということだ」

「自分の任務は無事成功しました、少佐」

指揮官の氷のように青い目がすっと細くなった。

「それじゃ、ガーブランド中尉を殺した犯人をつきとめたのか?」

「はい、少佐」

「そいつは死んだのか?」

「そういうわけではありません。犯人はヴァーリンという名前の賞金稼ぎ(バウンティ・ハンター)でした」

指揮官はいらいらと手を振った。

「どうせ偽名だろう。そのことはもう知っているよ。おまえをこの任務に送り出すときにその情報も持たせたんだからな。他に何がわかった?」

「ヴァーリンはブロンディのもとで働いています」

それは実をいうとイーサンの架空の経歴とは関係なかったが、本当のことだったし、ブロンディに与えられた苦しい言いわけよりはずっと、偽装の保持に役立ちそうだった。それだけではない、ブロンディを裏切ることでちょっとだけ満足感を得ることができた。

「ブロンディだと、ふうむ？　それほど驚くことじゃないな。そういうことなら、どうしてこんなにすぐにもどってきたんだ？　まだ任務は終わってないぞ」

「それ以上、そのバウンティ・ハンターを追うことはできなかったんです。やつはアレック・ブロンディのコルベット艦に乗りこんでしまったんで、援護なしであとを追うのは得策じゃないと思ったんです。そこで〈ヴァリアント〉にコム連絡して指示を仰ごうとしたんですが、コム中継が通じなかったもので」イーサンは続けた。「コム通信網がダウンしたようだと気づいて、シックスとの合流場所に向かったのですが、シックスの燃料系統が故障していたので、彼は修理のためにフォルリス・ステーションに残ったんです。一方わたしは燃料補給と報告のためにここにもどりました」

真実を言うなら、シックスも死んでいる。彼もまた、ヴァーリンに殺されたのだ。

「おもしろい」ヴァンスは顎の下で両手の指先を突き合わせ、尖塔をつくった。聞いたばかりの話を分析するあいだ、骨ばった顔はいっそうハゲタカめいて見えた。「よし、おまえの報告を提出して、司令がなんと言うかようすを見よう。だがそれがすべて本当で、ブロンディが公然と帝国艦隊に歯向かっているというのなら、やつは思っていた以上にやっかいな目に遭うことになるだろう」

「はい、少佐。これで退出してもよろしいでしょうか？」

「もちろんだ。ちょっと休止期間を取ったほうがいいんじゃないか。声がちょっと妙だぞ」

「妙ですか、少佐？」イーサンはたずねた。

ヴァンスはうなずいた。「ちょっとかすれ気味だ。何か病気にかかってるんじゃないだろうな？」

イーサンはとまどい、首を振った。「自分では気がついておりません、少佐。きっと疲れているだけでしょう」

「よし、緊急事態が起こらなければ、シックスが帰艦して報告するまで、おまえを非番あつかいにしよう。だからちょっと休め。ほかの操縦士たちまで具合が悪くなるのはごめんだからな。退出してよし」

イーサンはうなずいて、指揮官室を出た。ドアが背後で閉まると、長い息を吐き出した。ちくしょう、ブロンディめ。何百万ソルも持っていながら、もうちょっとましな音声合成機を用意できなかったのか？　おれの声がちょっと妙だと？　まずいじゃないか。任務が終わるまで、なるべく口をきかないようにしたほうがよさそうだった。

イーサンはつきあたりに軌道車のトンネルがある通路を歩き、車輛呼び出しボタンを押して、次の車輛がやってくるのを待った。自分の部屋に行ってワクチン洗浄をし、〈ヴァリアント〉の破壊工作案を練る必要があった。軌道トンネルのドアのわきにある制御パネルに出ている次の車輛の到着予定表示をイーサンは眺めた。ちょっとのあいだぼんやりと考えたあと、自分の住んでいる部屋がどこにあるのか知らないことに気づき、ブロンディから渡された任務データ・カードをポケットから取り出した。右耳のすぐうしろのスロットにさしこんだ。こうすればホロリーダーで読むよりも人目につかずにカードの内容を吟味できるのだ。この埋めこみ（インプラント）は長年にわたって重宝している。基本的には小型コンピュータから直接脳にデータを入れるようなものだ。

情報内容を検索していると、背後から叫ぶ声があった。

「ちょっと、スキッドマーク。わたしに一杯おごらせてくれるんじゃないの？」

イーサンは頭のなかでデータ・カードとのリンクを閉じ、振り向いた。ジーナが皮肉っぽい笑みをうかべて歩いてきた。

「借りは返しておきたいのよ。もしお金でわたしたら、そのせいであんたがうかつなあばずれ女を夜に部屋に入れたりするかもしれないじゃない」

「本当かい？　そこまで考えてくれるのか？　感動したよ、ジーナ」

ジーナは怒ったような顔になり、イーサンから二メートルたらずのところで足を止めた。

「やめなさいよ、この腐れた変態。一杯だけよ。こっちよ」

それ以上は何も言わず、彼女はくるりと踵を返し、やってきたほうにもどりはじめた。

イーサンは申し出を受けるかどうかちょっと考えたが、それから彼女のあとに続いた。軽く走って追いつき、ジーナに勝ち誇ったような笑みを向けた。ジーナは目で天を仰いでみせ、顔をそむけた。

ちょっとばかり人と交わっても害にはなるまいと思えた。なんにせよ、きちんと破壊工作をするためには〈ヴァリアント〉についての情報を集めなければならないのだから。情報を探り出すために話をしなければならない相手はほぼ確実に、操縦士やエンジニアたちだ。全員、〈ヴァリアント〉の娯楽室にいるはずだった。

ふたりは先ほど通りすぎた、〝ベースメント〟と呼ばれる娯楽室にたどりついた。イーサンは制御パネルに歩み寄り、キーを打った。ドアがシュッと横に開き、暗い照明のあたる広い部屋があらわれた。ここもやはり、天井にはむきだしのパイプが走っている。周囲の壁は床から天井までホロスクリーンになっており、ダークグレーの家具が配置されている。操縦士たちが三々五々とかたまって、酒を飲んだりゲームに興じたりしている。部屋の中央に細長い楕円形のバー・カウンターがあり、その向こう側に詰め物をあてた競技場(アリーナ)が見えた。そこでは操縦士のグループが夢中になってリモコン操作の小さな戦闘メカを戦わせており、何十人という見物人がそれを見守って、お気に入りのメカに声援を送っていた。イーサンはジーナのうしろについてバー・カウンターに行き、並んで腰を下ろした。

ジーナは片手を上げて、バーテンを呼んだ。「エグリト!」バーテンが振り向き、彼女にうなずいてみせた。スキンヘッドの恐ろしげな顔つきの男で、腕や顔に青と赤に輝くタトゥがたくさんはいっており、手の甲にはとがった皮下ピアスがいくつか埋まっていた。エタリス・ステーションに滞在していたあいだにエグリトのような男に十人ほど会ったような気がする、と思えた。

「で?」エグリトが訊いた。

「ブラック・マーヴェリックをふたつ」ジーナが言い、手首を上向けて男にさしだした。バーテンはぶっきらぼうにその手首をつかんで、ペン型スキャナーを走らせると、背後の冷蔵庫から黒ビールのはいった霜の降りたTPボトルを二本出した。ブラック・マーヴェリックはフォルリス産のブラック・グラスとチョーリス小麦を発酵させたものから醸造されたビールだ。慣れていないと、一本飲んだだけで気絶することもある。ここの操縦士たちはこんな強い酒を飲むことを許されているのかとイーサンはちょっと驚いたが、彼らはしばらく非番なのだろう。だから問題にはならないのだ。

ジーナはビールを持ち上げてみせ、イーサンに乾杯を促した。

「生きて明日が迎えられることに」

イーサンは自分のビールを持ち上げ、彼女のボトルとカチンと合わせた。

「死ななかったことに」

そう返し、マーヴェリックをひと口飲んだ。ビールの強くほろ苦い風味をじっくりと味わう。水しか買えない日々が続いていたので、本当に久しぶりだった。ビールを置いたとき、ジーナはまだひと口も飲んでいないことに気づいた。彼女はボトルを口元に運ぶ途中で動きを止め、両眉を上げてイーサンを見つめていた。その顔には、完全なとまどいの表情が浮かんでいた。

「どうした？」イーサンは訊いた。

彼女は、まだビールのボトルを持っているイーサンの左手をあごで指した。

「あんた、いつから結婚指輪をしてるの、アダン？」

9

ホロスーツを着たあとでまた結婚指輪をはめるような愚かなことを自分がしたとは、信じられなかった。指輪をはめるのは、今のイーサンにとって古い習慣にすぎなかった。いわば幸運のお守りのようなものだと考えていたのだが、今はこれが大変なトラブルのもとになろうとしていた。

「結婚指輪だって？」イーサンは言い返した。「これのことか？」左手の薬指にはまっているシンプルな銀の輪をつくづく見るふりをする。

「そうよ、アダン。それってまさにそうでしょ。知らなかったなんて言わせないわよ。ちょっと、女はみんな、結婚してる男のほうを好むって思ってるの？」ジーナはかぶりを振った。「それっていくらあんたでもひねくれすぎよ、スキッドマーク。いったいどこでそんなものを見つけたのよ？　今日び、結婚指輪なんてめったにお目にかかれるものじゃないのに」

イーサンはあくまでしらばっくれることに決めた。

「フォルリス・ステーションで年老いた店主から買ったんだ。幸運をもたらしてくれるって話だったんでね」

ジーナはふんと鼻を鳴らし、いぶかしむように目を細めた。

「あんた、いつから迷信を信じるようになったの？」

またもや打つ手を間違ったか。イーサンは相手の警戒心を解くような笑みだと思える表情をつくり、ジーナのほうを向いた。

「おい、そりゃ尋問か？　一杯おごってくれるだけじゃなかったのか。なんかおれのことをもっとよく知りたがってるんじゃないかと思えてくるぜ。もしかすると、一杯おごるってのも下心があったんじゃないか。おれと一発やりたいんじゃねえのか？　それならそうと言えばいいんだよ、ジーナ」

これはうまくいった。ジーナの表情は、ものの数秒で好奇心から憤怒に変わった。

「ふん、そう思ってれば」ジーナはビールを手に持ち、バー・スツールから立ちあがった。「ゆっくり飲むといいわ、アダン」

そう言ってくるりと背を向け、足音荒く去っていった。

バーにひとり残されたイーサンは、ブラック・マーヴェリックをもうひと口飲んだ。

エグリットがいやらしい笑みを向けてきた。

「今夜はひとりだな」くつくつと笑いながら、バーテンは言った。

イーサンはもう少しで、別にナンパしてたわけじゃないと答えそうになったが、すんでのところでアダンのキャラで行動しなければならないことを思い出した。そこでぐいと首を横に傾け、傲慢な笑みを浮かべた。

「そりゃわからんぜ。おれはほしいときにほしい相手を手に入れるんだ。それもおれの望むやりかたで——気分しだいじゃ、一度に二人とか三人ってこともある。しかもこっちがお願いする必要なんかないんだ、向こうから懇願してくるからな」

エグリットはしわがれた声で爆笑した。「相変わらずだな、スキッドマーク！」

それからバーテンがやれやれというように首を振って背を向けるのを見て、イーサンはほくそえんだ。どうやらアダンのキャラは完璧につかめたようだ。アダンというやつは、周囲の誰に対しても鼻持ちならないほど傲慢で粗野だったのだ。この男に取り柄があるとしても、それがどんなものか見当もつかなかった。

ようやく訪れた静かなひとときを利用して、イーサンは頭のなかでふたたびファイルを開き、〈ヴァリアント〉上のアダンの住まいの場所を探した。数分後、ファイルのどこにもアダンの住まいについての記述がないことがわかった。イーサンは眉をひそめた。

身ぎれいにしてゆっくり休みたければ、誰かに自分の住まいはどこなのかたずねなければならない――それをすれば、本人でないことがばれてしまう。それとも、ひどく酔っ払って記憶を失ったふりをするか……いいんじゃないか？　アダンの勘定でさらに何杯か酒を買ってやろう。少なくともそうすれば、もとのＩＤチップを抜き取られてアダンのチップを埋めこまれた痛さのいくらかの埋め合わせになるというものだ。

バー・カウンターの向こう端にすわっている魅力的な美女の相手をしているエグリトに、イーサンは合図をした。美女はイーサンの視線をとらえ、にっこりと笑った。イーサンはぎょっとしてたじろぎ、笑みを返さずに目をそらした。

それから、自分の使命を思い出して、柄にないふるまいをしろと自分を叱りつけたが、手遅れだった。イーサンはふたたびバーテンの注意を引こうとこころみ、今度は成功した。エグリトがやってきて、訊いた。「なんだ？」

イーサンは自分のビールを顎でさし、エグリトに手首をさしだした。「これで――」突然、喉がものすごくむずがゆくなり、激しい咳きこみ発作がはじまった。イーサンは首を振った。「すまん」そう言う自分の声が、自分の耳にもかすれて聞こえた。「喉がからからだ。おかわりをくれ」

イーサンはビールのわきのカウンター面を指先でたたいた。

バーテンは眉をひそめて彼を見た。

「どうも調子がよくなさそうだな、中尉。帰って休んだほうがいいんじゃないか」

「いや、大丈夫だ。もう一本くれ、そうすりゃよくなる」

エグリトは鼻を鳴らした。「好きにしてくれ、スキッドマーク」

ブロンディがいつもの大口を開けた笑いを向けるのを、アレイラは見ていた。

「あんたはわたしを食べるつもりなの、それとも見てたいだけなの」

アレイラはそう言うと、独房の鉄棒扉のほうに歩いていった。

「美しい」ブロンディが向こう側から言った。「こんなとこにいちゃ、せっかくの才能がむだになるぞ、かわい娘ちゃん。おまえになら、たいていのやつが一週間かけて稼ぐより多い金を一時間ごとに稼がせてやれるぜ。どうだ？　よかったらおれの経営する娼館の好きな店で働かせてやってもいいぞ」

独房の鉄棒を握るアレイラの手の甲が白くなっていた。

「わたしの同意を待たずに、奴隷チップを埋めこみでもしなきゃ、それは無理ね」

ブロンディが突然、天啓を受けたかのように、首を片側に傾げた。

「おう、それはすばらしいアイディアだ！　今後はそのアドバイスを生かすことにするよ、ありがとう」

アレイラは恐ろしい不安と恐怖がせりあがってきて、悲鳴となって爆発しそうになるのを感じた。だがそれをぐっと抑えつけたのは、ブロンディを喜ばせたくなかったからだ。そのかわりに、ブロンディのでっぷり太った忌まわしい顔を、意志の力で爆発させてやりたいと念じながら、にらみつけた。

「イーサンとの取り引きはどうなってるのよ？　彼があんたに情報を持ってきたら、わたしたちを釈放してくれるんでしょ」

「ああ、そうそう、イーサンだ！　やつについては……」ブロンディの笑いがいっそういやらしくなり、血走った灰色の目が尋常でなくぎらぎらと光った。「やつはもどってはこないよ、かわい娘ちゃん」

アレイラの顔がひきつった。「どういう意味？」

「まあな、イーサンがおまえに聞かせた話は本当というわけじゃないんだ。おれはやつに、いつもおれの仕事の邪魔をする帝国艦隊を厄介払いさせたいから〈ヴァリアント〉を破壊しろと言って送り出した。だが……そいつはうまくはいくまいよ」

ブロンディは悲しげに首を振った。

「イーサンはそんなこと、承知しなかったでしょう」

「そのとおり」ブロンディは人差し指を立て、アレイラの反論を封じた。「たしかにそうだった、だがそれは問題じゃないんだ。そもそもイーサンは〈ヴァリアント〉に乗ってから何をすればいいかも知らないが、それがわかるころにはもう手遅れなんだ。おまえの恋人は今にも爆発しようとしてる、歩く時限爆弾なんだ」

「どういう意味よ？」

アレイラは問いただし、独房の鉄棒をがたがたと揺さぶった。ブロンディの口がまたもや大きく開いて笑った。

「威勢がいいじゃないか！　その気性はおまえの新しい職場で重宝するだろうよ」

「イーサンに何をしたのよ？」

ブロンディは悲しそうに首を振った。

「もっといい質問は、おれがおまえに何をしようとしてるか、じゃないのか？」

ブロンディがアレイラには見えない誰かに合図をした。ふたりの男があらわれた。ひとりはいかにも禍々しく見えるチップ埋めこみ器（インプランター）を持っており、もうひとりはスタン銃（ピストル）を持っていた——そして彼女にねらいをつけていた。

「さよならと言えよ、アレイラ。目を覚ましたら、おまえはエンジェルという源氏名になってるだろうよ」

アレイラは口を開けて叫ぼうとし、逃げようと背を向けたが、どこにも行けなかった。スタン銃の電撃が彼女の背中に命中し、筋肉がゼリーのように溶けた。倒れて床を打つより先に、すべてが暗転した。

10

イーサンが三本めのマーヴェリックを注文したとき、ほろ酔いかげんの操縦士の一団がどやどやとバーにやってきた。ひとりがイーサンの横のスツールを引いて、腰を下ろした。イーサンはその男に不機嫌そうな視線を向けはしなかった。ガーディアン＝3、イシカス・アダリだった。ほかの操縦士たちはちょっとうしろに離れて立ち、わかったような笑みを張りつかせたばかみたいな顔つきでひそひそと静かに話をしていた。そのなかに、ジーナがいた。一瞬彼女と目が合い、彼女の目に何かどす黒く醜いものが光っているのが見てとれた。と、イシカスが肩に腕をかけてきて、言った。「よう、スキッドマーク」

「よう、ダチ公」イーサンはそっけなく答えた。

「おれたちといっしょに、ちょっとばかりシミュレート航行をやる気はないか？」

「うう、おれは疲れてるんだ。ここでじっとしていたい」

「おもしろい設定にしてやるぜ」イシカスは彼の言葉を無視して言った。「サイジアン対星系間帝国艦隊(ISSF)でさ。そうだな……ローカ防衛でどうだ。おまえがISSF側で、おれがサイジアン側をやる。おまえは5Aランクだっていう話だから、天性の本能でやれるはずだ――」イーサンの背後に立っている操縦士のグループから嘲笑めいた笑い声があがり、イシカスは大きな肩をすくめた。「ほら、それを立証するチャンスだぜ、スキッドマーク。ローカの人々よりはおまえが有利だぞ。侵攻されることがわかってるんだからな」

イーサンはゆっくりとイシカスのほうを向いた。その黒い目の嘲るような輝きが、イーサンがからかわれていることを物語っていた。イシカスは、イーサンが本当にこの申し出を受けるとは思っていないのだ。だがイーサンは実のところ興味をそそられていた。サイジアンとの戦闘を目にしたことはなかったし、ローカⅣは彼の故郷だった。異星人による人類の何百万人級の大虐殺の、少なくともひとつでも防ぐことができたのかどうか、見てみたかった。ますます申し出を受けたいという気になってきた。イーサンは本当に5Aランクだったし、それがはったりだと言われるのにはもううんざりだったからだ。アダンははったりだったかもしれないが、イーサンは〈暗黒星域〉のうさんくさい闇屋などではなく、れっきとしたローカ・アカデミーで5Aランクの免許を取得したのだ。

「わかった」イーサンはうなずいた。「やろうじゃないか」

イシカスの笑みが消え、驚いた顔になった。明らかに、今の話はすべて、アダン・リーズへのいやがらせのはったりだったのだ。だがイーサンはアダンではない。イシカスは速やかに気をとりなおし、つくり笑いを浮かべた。

「勝負をおもしろくしたくないか?」

イーサンは顔をしかめた。どうなるかわからないので、結果に賭けるのはまずいだろう。でもどうせ、本当に失うものなどないじゃないか?

「何を考えてるんだ?」

「おれが負けたら、次の当番のときにおまえと入れ替わってやる。おまえは〈暗黒星域〉のパトロールでいられる、前線にはおれが行く。おまえが負けたら、二回続けて前線に行くんだ、おれがおまえのパトロール番を引き受けてやる」

イーサンの眉間に深いしわが寄った。前線だと? 心のなかでつぶやく。前線ってなんだ?

「ああ……よし、だがハンディをつけてもらわないと。ローカ防衛は絶対に勝てない戦闘だったのは誰でも知ってることだからな」

イーサンは本当に知っているわけではなかったが、これぐらい言って対等というものだ。ローカⅣに何が起きたのか、イーサンはまったく何も知らなかった。その当時はエタリスのダイミウム鉱山にいて、故郷の世界が侵入者どもの手に落ちたと聞かされたときには、故郷の廃墟はすでに冷めきっていたのだ。

イシカスはうなずいた。

「そりゃ言うまでもないことだ、スキッドマーク。ローカ防衛で勝てるやつはいないからな。そっちはとにかく、前回おれがISSF側でプレイして出した、統率・戦術スコアを負かせばいいんだ」

イーサンはボトルの底に残っていたブラック・マーヴェリックをぐるぐるまわし、黒い液体をじっと見つめてから、最後のひと息で飲み干した。

「どうだ？」イシカスが問いただす。

イーサンはボトルをどすんとカウンターに置き、唇を引き締めた笑みを浮かべて、同僚たちのほうを向いた。

「賭けは成立だ、ダチ公。だが後悔することになるぞ」

イシカスはイーサンに笑い返した。「見てみようじゃないか」

二十分後、イーサンはヴェンチャー級巡航艦のシミュレーション用艦橋に立っていた。すでに何分かかけてシミュレーション用ホロフィールドを立ち上げ、この作戦にちゃんと習熟するためのコメントと作戦報告が映し出されるのを見ており、今はどうにかやれそうだという自信を感じていた——イシカス・アダリのスコアを打ち負かせるかどうかは別として。

イーサンはブリッジを見まわした。彼はほかの士官たちに取り巻かれていた。人間の士官たちとAIの士官たちに。彼の前には艦長卓があった。ブリッジに六つある制御ステーション——彼の左側に三つ、右側に三つ——のあいだを通るせりあがった通路の上に、このホログラムのテーブルがあり、各ステーションからキャプテンズ・テーブルに絶え間なくデータが送りこまれ、そこに重ねられた青く輝くグリッドの上にローカ星系とイーサンの戦力配備状況が俯瞰できる。イーサンはデッキの上でゆっくりと円を描くようにして回転し、期待をこめて彼を見つめている数人のブリッジ・クルーにうなずいてみせた。

こうしたことすべてに、はっきりと見覚えがあった。彼の子ども時代の記憶、学校での成績と女の子にしか興味がなかったころの記憶が強烈に呼び覚まされていた。あのころ、〝自由時間〟と呼べるものがあった時代、彼は友だちと一緒にローカ・シティのシミュレーション・センターに入り浸っていた。艦隊行動のシミュレーション・ゲームを何度も何度もやっていた。もちろんそれらは純粋なフィクションだった――本物のデータは機密扱いにされていた。ゲームのミッションは純粋に娯楽目的でつくられたものだった。イーサンはよく、ヴェンチャー級巡航艦の司令官になっていた。ああした娯楽シミュレーション・ゲームとこれとはまったくちがうというのに、ブリッジ上で周囲に見える眺めはまったく同じだった。

イーサンはキャプテンズ・テーブルに歩いていき、青く輝くグリッドのなめらかな黒い縁にそって、さっと手を走らせた。これこそ、彼が操縦士になった理由、現在5Aランク免許を所持している理由だった。彼がシミュレーションで5Aランク免許を取ったのは現実世界で取るよりずっと前のことだった。その当時、彼は生涯のプランについて大きな夢を描いていた。帝国艦隊の提督になって、戦闘艦隊を指揮する自分を思い描いていたのは一度や二度ではない。そのころはまだ、つらい目に遭ってはいなかった――彼の母親が病気になるよりも前だった。十七歳のとき、彼は学校を中退して仕事につくか、母親とふたりで飢えていくかという選択を迫られたが、それは本当は選択とも言えなかった。そして中退したのち、復学することはなかった。高校中退者を採用しようという帝国艦隊の採用官はいない――とにかく当時はいなかった。

最初、彼は妙な配達業務をやっていた。小型機でローカ・シティを飛んでまわり――何も訊かれることはなかった。積荷を見たことはなかったが、それはいつも小さな黒いキャリーケースにはいっており、官憲すじには絶対に近寄るなときつく言われていた。イーサンは甘やかされ放題の金持ちの若者が、ガールハントがてらに遊覧飛行をしているふりを装っていた。実際につかまったことはなかったが、ローカ・シティの多層道路や曲がりくねった峡谷でパトロール機に追跡されて、危ういところでぎりぎりまいたことは何度かあった。彼が腕利き操縦士だと雇い主が気づいてからは、星間飛行の仕事を任されるようになった。それと気づく前に、彼は単に食べていけるという以上の金を稼いでいた。母親の高額な医療費を払って、母親が自分でもあると知らなかった年金から払っているように見せたりもしていた。それを払ってもなおかなりの金が残り、万一長期間干されたときのための潤沢な資金まで貯めることができた。それは結局、デストラとアトンとの暮らしのために家を買うのに使ったのだった。そうやって彼は二十年以上スティムの密輸をうまくやっていたが、ついにつかまったのだった。

そして今、すべてが夢のように思えた――そうした記憶は彼でない、ほかの誰かの人生であるかのように。イーサンはぼんやりとグリッドを見つめ、いま現在のこの場所に立ちもどろうと自分に強いた。賭けに勝たなければならないのだ。

彼の艦隊には、自分のを含めて巡航艦が四隻、駆逐艦が六隻、ノヴァ機部隊が数十個あり、すべてが散開して、不可視敵を探すアクティヴ・センサーを備えたシステムを精査していた。だが宇宙空間はあまりにも広大で、厳重に包み隠されたサイジアン艦の気配を感知するのはほぼ不可能だった。彼より先にこのシミュレーションをやったほかの操縦士たちからの作戦報告を読んだものの、サイジアン艦が姿を見せようと考えたときよりも先に見つけることのできた哨戒艦はいなかった。作戦記録を見ると、サイジアンがいつ、どの方向からあらわれるかはわかったが、サイジアン側が攻撃してくるより先に全艦を集結するにはほんの数分しかなく、襲撃される時点までに艦隊を集めるのは、相対論的スピードでは不可能だった。

「連絡する、わが艦隊は次の座標にSLSショート・ジャンプをする……」

イーサンがしゃべるより先に、女性の副官が割ってはいった。

「戦闘機はどうします？」

イーサンはかぶりを振った。

「戦闘機を集めている時間はない。当面は戦闘機なしでやってみよう」

副官は鼻を鳴らした。

「当面は？　戦闘機が到着するころには戦闘は終わってますよ。今は回避行動をとって、ほかの艦がそれぞれノヴァ機を集結するあいだ、ローカまで退却したほうがいいんじゃありませんか」

イーサンはその助言を無視した。

「〈ファルコニアン〉、9-4-9へ」通信員が命令を中継するまで、心臓の鼓動一拍分待つ。「〈ボレアリス〉、9-4-4へ」通信員が静かな声でヘッドセットに向かってしゃべるあいだ、また待つ。「〈トレティナ〉、4-4-4へ」この三隻は彼以外の巡航艦だ。さらに、ガーディアン級駆逐艦も六隻集まっていた。「駆逐艦は次の座標に並べ、10-4-1、10-4-2、10-4-3……」

通信員がこの命令をヘッドセットに中継している一方で、イーサンは逆の方向を向き、機関主任に言った。

「シールドを前面、左右ともすべて最大限にセットして、武器パワーを上げろ。エンジンはそのために使い、艦内システムは予備電力のみにしろ」

機関主任はうなずいた。「はい、艦長」

「操舵手、加速やめ」

「加速をやめるんですか、艦長？」

「そうだ、見えない敵相手にスピード勝負を挑んでいるわけじゃない」

「はい、艦長」

イーサンは副官の視線を受け止めた。

「慣例から言えば、司令官はエンジンの動力は切らずにおくのがいいものですが」副官は言った。「サイジアンどものドライヴはのろいので、われわれに追いつくのに苦労します。それに向こうの武器はこちらにくらべ、射程距離が短いんです」

「それはそうだが、敵がどこにいるかがわからないうちは、こっちがまっすぐ罠に飛びこむことになりかねない」これもまた、イーサンがこれ以前の操縦士たちの作戦報告からひろい集めたことだった。「敵は隠蔽シールド装置を使ってわれわれに近づこうとしているんだ。フルスピードでやみくもに飛びまわれば、やつらがそれをするのを助けることになる」

「なるほど」イーサンの副官は言ったが、それだけだった。

それまでこの副官をしている金髪の女性をよく見ていなかったが、彼女の袖についた金色のシェヴロンと、その上を飾るヴェンチャー級戦艦の銀色の紋様からすると、彼女は中佐で、彼よりははるかに高い階級だ。だがこの作戦においては、司令官はイーサンなのだ。イーサンは彼女から顔を背け、砲術長に言った。

「砲術長、パルス・レーザー砲とビーム砲をすべてスタンバイせよ。低出力で砲撃をはじめられるように準備してほしい。五秒ごとに時差をつけて一斉砲撃するようにしてくれ。一度に全方位に砲撃できるようにしたい。味方艦には当てないように、だがそれぞれが十五度の範囲を確実にカバーできるようにしてくれ。われわれの周囲に三つの重なり合う円ができるようにして、それぞれの円が常に動いてできるかぎりたくさんのスペースをカバーできるようにするんだ。敵に探りを入れて、いつどこからレーザーやビームが飛んできて不意に虚空に消えていくかわからないと警戒させるんだ。何もない虚空から岩屑のかけらが飛んでくるみたいにな――そういった警戒を。敵が何か見慣れないものを見た瞬間、グリッド上で姿をあらわすようにさせるんだ」

「はい、艦長」砲術長が言った。

イーサンはまたもや副官がにらみつけるのを感じたので、彼女に顔を向け、辛抱強い笑みを浮かべた。

「何か、キャルディン副長？」

「そんなことをしたら、敵がここにたどりつく前にこっちがエネルギー切れしてしまいます。それどころか、われわれが撃ちまくっているのを見たら、敵は射程距離外に退いて、こっちが撃ちつくすのを待つでしょう。こっちがチャージ切れになったらわれわれのまわりに群らがって隠蔽シールドをはぎ、われわれの武器が再チャージしているあいだにわれわれを木っ端微塵にふっ飛ばすでしょう。こっちには撃ち返すレーザーにエネルギーが一ジュールたりとも残ってないでしょうに」

「こっちにはまだ弾頭兵器がある」

「敵は弾頭兵器なんか撃ち落としますって！　弾頭なんか信頼できません。サイジアン艦はこっちより近接防御に優れています、そして彼らの照準ははるかに正確なんです」

「おれを信じてくれ、副長。それから、この作戦の責任者は誰なのか思い出してくれ」

ローバ・キャルディンは顔をしかめて目をそらし、前方ののぞき窓の外を見やった。

イーサンはキャプテンズ・テーブルの上に設定したカウントダウンをじっと見つめながら、待った。あと一分足らずでサイジアンたちが攻撃してくるはずだった。こちらの艦隊がグリッド上で点滅をはじめ、ＳＬＳにジャンプ・インしたことを示すのを、イーサンはじっと見守った。賭けがうまくいきますようにと願いながら、イーサンはじっと待った。この旗艦が出力ゼロで一隻だけ残されているのを見れば、イシカスが早めにこの艦を仕留めるチャンスを逃すはずがない。イーサンのほかの艦隊がすべてＳＬＳにはいり、イーサンが設定したタイマーが十秒に達したとき、彼は振り向き、砲術長にうなずいた。「照準合わせ！」

突然、周囲の宇宙空間に赤と青のレーザー光線が飛びかい、あたりが明るくなった。

絶え間ないエネルギー放出が続き、足の下でデッキが振動しはじめた。イーサンは鋭い目でキャプテンズ・テーブルを見つめ、砲手たちがターゲットを見つけてマークをつけるのを待った。それほど長く待つ必要はなかった。マップ上で、彼らを取り巻く全方位に、何十という地点情報があらわれはじめた。砲手たちが可能性のあるターゲットをマークしているのだ。一瞬後、砲術長の報告が聞こえた。

「敵、多数！」

イーサンはきっぱりとうなずいた。その瞬間、艦隊の残り全部がSLSから出て、彼の巡航艦のまわりに出現し、イーサンは叫んだ。

「ほかの艦に座標を送信し、集中砲火を浴びせるように告げろ。弾頭兵器のみを使い、敵ターゲットに直撃させるのではなく、至近距離で爆発させろ！　与えた座標にもとづいて敵艦がいる場所を低出力レーザー射撃で探知せよ。本艦の砲列は現状どおり撃ちつづけろ。ミサイルを装塡して、射撃命令を待て。操舵手（ヘルム）、全速前進」

イーサンは顔を上げ、前方ののぞき窓から先頭の巡航艦、〈ファルコニアン〉を見やった。〈ファルコニアン〉は彼の艦の右舷側のすぐ横におり、ミサイルと魚雷を連続発射しはじめたところだった。最初の魚雷がほぼ瞬時に指定された座標に到達し、目がくらむような大爆発を起こした。その爆発が薄れたかと思うやいなや、二発めの魚雷が爆発し、最初の爆発の衝撃をさらに大きくした。それから残りのミサイルが標的を見つけるより先に、巨大な二次爆発が起き、燃えあがる巨大な敵艦の姿がどこからともなくあらわれ、ゆっくりとまっぷたつに割れた。弾頭の残りがそこに飛んでいき、最初のふたつの爆発に続いて爆発し、敵艦のスラスターの列を削りとった。

「一丁あがりだ！」イーサンはどなり、ブリッジに短い歓呼の声があがった。

突然、足の下でデッキががくんと揺れ、敵の砲撃を受けたシールドが耳障りな音をたてた。キャプテンズ・テーブルに目をもどすと、周囲のあらゆる方向に、敵艦をあらわす点が百以上あらわれていた。

「回避行動！」イーサンは命じた。「全銃砲、手近な敵を撃て！」艦が爆発で揺れた。

「シールドをイコライズしろ！　艦隊を整列させろ。ここから脱出するぞ」

ローカが敗れたのも無理はない。百以上の敵艦に対し、彼らはわずか十隻だった。敵艦はシールドを持たず、ドライヴはこちらよりのろい。そして向こうの武器はこちらより射程範囲が短い。だがそれでも、敵の艦体は強靭で砕けそうになく、イーサンにはたいして望みはないように思えた。彼が向き合っているのは単なる艦隊ではなく、大艦隊だった。イーサンたちの周囲に、次々と燃えあがる艦があらわれてきたのに気づいた。

全部で九隻――それが、彼が最初に敵に探りを入れた結果だった。敵が一発も撃たないうちに、敵艦を九隻片づけたのだ。イーサンはにんまりした。あれは理に適った作戦だったのだ。なぜなら、サイジアンは船を隠蔽しているあいだは攻撃できない——何か、エネルギー上の問題で両立できないようだ——そのうえ、隠蔽を解除するのに長い時間がかかるので、近接防御をオンライン化して敵を片づけにかかる前に、ミサイルのターゲットになってしまったのだ。

周囲の宇宙がぐるりとまわった。操舵長が敵の砲撃をかわそうとしたのだ。イーサンが前方の窓から外を見ると、何百という目もくらむような紫色の星がすぐ近くの敵艦から発射され、こちらにスパイラル・パターンを描きながら向かってきた。あれはサイジアンの弾頭だ。やつらがあらゆる場合に好んで使う武器——追尾式のエネルギーのかたまりで撃ち落とすことが不可能、そして霰弾ミサイルのような爆発をする。イーサンの巡航艦の鼻先で六発が爆発して炎の雲となり、艦から燃えるかたまりが欠けてはずれた。イーサンがキャプテンズ・テーブルを見守るあいだに、新たな敵艦が彼の艦の背後のグリッド上に出現した。次にイーサンの注意はふたたび前方の窓に引きもどされた。艦首から目のくらむような青い閃光が放たれたのだ。砲列が前方の敵に照準を切り替えたのだ。まばゆい青いビームが燃える光線で敵艦の艦体を貫いた。数秒後、敵艦は沈黙し、イーサンの砲手たちは次のターゲットに移った。

「左舷シールドが危機的です！」機関長が声をあげた。「イコライズ中です」

「あの残骸のところに行って、シールド代わりに使え！」イーサンは前方の燃える物体を指差した。今やその残骸からは、燃える空気の流れが宇宙に吐き出されている。イーサンの艦は、青とラベンダー色の模様がめまぐるしく移り変わっている敵艦の残骸のすぐそばを飛んでまわりこんだ。イーサンたちの目には紫色の星の流れに見えるものがその残骸にぶちあたり、残骸はさらに炎のかたまりを噴き出して破裂した。だがしばらくのあいだは、その残骸が敵の砲火を防いでくれた。

「後部シールドが危機的です！」

不意に、デッキが爆発で揺れ、もう少しで全員が倒れるか持ち場から飛ばされそうになった。それが、慣性補正システム（IMS）に異常が起きているという最初の前触れだった。足の下でデッキが危機感を覚えるほど傾くのが感じられた。

機関長が叫んだ。「IMSが機能していません！」それが第二の前触れだった。

イーサンはすばやく考えをめぐらせながら、叫んだ。「操舵長、操艦停止！」

だが遅すぎた。慣性補正システムが機能せず、全員が慣性で天井に飛ばされた。だが、イーサンはその衝撃による痛みは感じなかった。ただのシミュレーションだからだ。それかまるで本当に打ち倒されて気絶したかのように、周囲の世界が真っ暗になった。

ら、シミュレーション・ポッドのふたがシューッと開き、イーサンはシミュレーター室の天井のまばゆい発光パネルを見上げてまばたきしていた。長いあいだシートに横たわったまま、失敗した無力感に全身を襲われていた。彼はあの場にいた、故郷のために戦っていた。だがローカを救えなかっただけでなく、敵の艦隊のごく一部をそぐことしかできなかった。イーサンは顔をしかめた。イシカスとの賭けに負けた――だがそんなことは問題ではなかった。イシカスとの約束を果たすほど長くはここにいないのだから。

一瞬後、ポッドの上に見知った顔があらわれ、イーサンは副長のキャルディンの顔を見上げていた。キャルディンは片手をさしだし、イーサンがポッドから出るのを助けた。イーサンが立ちあがって顔の高さが同じになると、彼女は急にうなずき、にっこりした。

「いい仕事をしたわね、アダン」

イーサンは目をしばたたいた。「すまない、なんだって？」

「あなたは、びっくりするぐらいよくやったわ」

それを聞いて、イーサンの目がすがめられた。絶対にからかわれていると思ったのだ。

「そりゃいったいどういう意味だ？」

「あなたの作戦は大成功だったわ。あなたは高スコアをたたきだしたのよ。わたしのパーソナル・ベストスコアも負かしたわ、それも大幅な点差でね」

「そうなのか?」

キャルディンはうなずいた。

「ええと……おれたち、いったい何隻やっつけたんだ?」

「全部で二十よ。これまでの記録は四隻だった」

イーサンの目が丸くなった。「それがきみか?」

「わたしの記録は二だったの」

イーサンは口をあんぐりと開けた。

「あの戦闘は、いつもそんなにこちら側が不利なのか?」

キャルディンは首を振った。

「ふつうはもっとひどいわ。サイジアン側は防御する領土をまったく持っていないし、こっちは彼らの動きを追跡できない。その結果、敵はたった今あなたが見たように巨大艦隊を組んでうろつきまわり、こちら側は防御を最大限に使うことができなかった。そのためこちら側の艦隊は常に絶望的に数で負けてたのよ」

「おれたちは一ヵ所に集結するべきだったんだ、対等の条件で戦うために、いくつかの世界を犠牲にして」

「それもやってみたのよ、でも敵はこっちのいない場所ばかりをずっと攻撃して、こっち側の世界はもっと早く滅んだわ」

イーサンは顔をしかめた。「くそ……」

「心配することはないわ。今じゃこっちも形勢逆転するような手を打ってるし、敵の隠蔽テクニックを採用してるのよ」

イーサンの目が丸くなった。人間の船に隠蔽シールド装置が搭載されているなどとは初耳だった。戦争中は、サイジアンのテクノロジーを採用する方法を見つけるなど、まったくの夢物語だったが、あれ以来、どういうふうにしてかその分野は大きな進歩を遂げていたのだ。

室内のほかのシミュレーション・ポッドのふたが次々と開く音が聞こえ、イーサンが目を向けると、シミュレーションをしていた十人ほどのほかの操縦士たちがポッドから出てきて、彼とローバ・キャルディンのほうにやってきた。

「それじゃ、戦争は今も続いてるのか？」不意にイーサンは訊いた。彼の目は、赤い顔をしたイシカス・アダリに向けられていた。

キャルディンも、ほかの操縦士たちが近づいてくるのを見ていた。

「そのとおりよ、でもそれについては、あなたが悩む必要はしばらくないわ。あなたの代わりにファイアースターターが前線に行くことになったみたいだから。でも残念ね。

前線でもあなたみたいな本能を備えた人間なら役に立つでしょうに」それから、キャルディンはイーサンに目をもどした。「それから、ノヴァ機のコックピットにはいることもなくなるでしょう。あなたをすぐに指揮官に昇進させるよう推薦するつもりだから」

イーサンは眉間にしわを寄せて、彼女の目を見つめ返した。

「艦隊の艦長ポストに空きがあるのか？」

「わたしたちは毎日、たくさんの船を拾ってきてるのよ」キャルディンは肩をすくめた。「わたしの推薦が了承されれば、そしてあなたが昇格試験にパスすれば、まばたきする間もなく、巡航艦の艦長になれるわよ」

イーサンは目をぱちくりさせた。「そんな、なんて言ったらいいか……」

このとき、ほかの操縦士たちがたどりつき、イーサンにおめでとうと言いはじめた。心から言っている者もいれば、ねたみや疑念を抱いている者もいた――まるで、イーサンにだまされたとでも言うように。

「まだ何も言わないで」キャルディンが喧騒に負けじと声を張り上げて答えた。「そのうち連絡する」

イーサンはうなずいて、怒ったように顔をしかめて前に立っているイシカスのほうを向いた。イーサンは目をすがめたが、イシカスは片手をつきだした。イーサンは用心しながら握手を受けた。

「みごとな戦術だった、スキッドマーク。よくやった」

そう言うと、イシカスは手を離し、歩み去った。ほかの操縦士たちが口ぐちに、一杯おごるからあの戦術についてのくわしい話を聞かせてくれと申し出るのを聞き流しながら、イーサンはイシカスのうしろ姿を見送った。イーサンはみんなの申し出を受けることに決め、彼らのあとについてバーにもどった。そうするよりほかにやることもなかったし、もしかしたら彼らのうちの誰かがあとで彼の住居を見つける役に立ってくれるかもしれない。だが〝ベースメント〟のドアにたどりつくころには、全身に疲労の波が押し寄せてくるのを感じていた。頭がずきずきと痛みはじめ、喉の奥がまたもやとんでもなくむずがゆくなってきた。一瞬後、むずがゆい喉が激しく咳きこみはじめ、近くにいた操縦士がけげんそうに彼を見つめた。

「大丈夫か、スキッドマーク？」

娯楽室にはいりながら、イーサンはうなずいた。

「ああ、ダチ公。命令をどなりつづけてたせいで、喉がちょっとがらがらしてきた。それだけだ」

相手の操縦士はにやりとした。「おれたちが治してやるぜ！　エグリト！」

総司令官であり星系間帝国（ISS）——何にせよその残っている部分——の国家主席である超越君主アルタリアン・ドミニクは、〈ヴァリアント〉での彼の専用室となっている、贅沢な内装の広々とした部屋ですわっていた。真夜中だったが、眠れなかった。いくばくかの時間を自分自身のために使う必要があった。たとえそのせいで睡眠が削られることになっても。毎日、一日じゅう、絶えず穿鑿（せんさく）され、絶えず本心では思ってもいなくても自身のイメージを取りつくろうことを強いられている彼だが、ここでは、あらゆる好奇の目から逃れることができる。あらゆる取りつくろいをはがして、ようやくくつろぎ、本来の自分にもどれるのだ。取りつくろいをはいだ彼の姿を知る者はいないが、しかたのないことだ。超越君主は仮面を保たなくてはいけない、しっかりした自信と楽観主義を保ちつづけなくてはならないのだ——まさに彼がやっているように。そして何があろうと、それをやめることはできないのだ。

それこそが真実なのだ。

ドミニクは大きな黒い椅子をまわして、天井から床まである大きな窓のほうを向き、はるか下にある惑星フィレアの氷の世界を見つめた。惑星表面を覆う氷河の青と白の渦巻き模様に見入っていると、ローカⅣで過ごした若き日の自分の姿が浮かび上がってくる。ローカ・シティを取り巻く壮大な山脈から降ってくる凍えるように冷たい雪を自宅のベランダから眺めている幼い子どもの自分。あの山脈は、ダイミウム鉱山で採掘のためにおこなう発破のせいで周期的に雪崩が起きていたものだ。あれはもう前世のことのように思える。わたしは今ではすっかり年老いたのだ。ドミニクはそう考え、唇をゆがめた。髪は白く、顔はしわだらけだ――このごろでは、鏡を見ても自分だとわからないことすらあった。

超越公は生き残った人類の安全を守るという大変な責任を負っている。そしてその一方で、〈暗黒星域〉にサイジアンどもを寄せつけないようにする方法を見つけなければならない。その多大な責任に、もう耐えられないと思うことがたびたびあった。彼は有能な司令官というにはあまりに未熟だったが、誰もが誤った希望を抱いて彼を見上げ、この苦難の時代を無事に切り抜けるよう導いてくれるだけの経験を彼が持っていると期待している。

ドミニクはため息をついて、フィレアの眺めから身体をそらし、ふたたびデスクに向かった。そこにあるホロスクリーンは暗く静まり返っていて、彼がスイッチを入れるのを待っている。一日のできごとと作戦報告を彼が見て、検討するのを。ここで、彼は帝国全体の状況をモニターし、広範囲に影響を及ぼす決断を下して、司令官たちに、彼ら及びその下で働いている何千人という帝国艦隊士官たちの命運を決する命令を送るのだ。

　ドミニクはスクリーンの前で片手を振り、起動をうながした。返事の必要なメールが二十五件あった。メールを開き、リストに目を通して、どれから手をつけようかと考える。あるメールが彼の注意を引いた——指揮訓練プログラムを担当しているストリアン大佐からのものだ。ドミニクはそのメールを開き、詳細を読んだ。それはノヴァ機操縦士、アダン・リーズの推薦状で、ストリアン大佐は彼を即時昇進させ、指揮訓練プログラムに入れるよう推薦していた。さらに、その操縦士がローカ防衛シミュレーションで出したスコアが添付してあった。彼は型破りの戦術を使って、それまでの記録を驚くべき差をつけて破っていた。それが単なるまぐれあたりなのか、それとも目覚ましい司令官としての潜在能力なのかを見極める必要があると、ストリアン大佐は述べていた。

　ドミニクはいつになく好奇心をそそられた。指揮訓練プログラムを組んだのは、いつの日か自分に代わって艦隊司令官を務めるに足る人材を見つけられればと願ってのことだった。この操縦士がその人材なのだろうか？

　アダンのＩＤカードに目を走らせると、本当に経験を積んだというにはあまりに若すぎることが判明した。さらにこの操縦士の心理評価によると、指揮官には不向きだと出ていた——傲慢で、礼儀知らずで、衝動的で、自己中心的。ドミニクはやれやれと頭を振った。時間をかけて訓練を積めば、アダンの腕はいくらか上がるかもしれないが、性格はそう簡単に変わるものではない。そしていい指揮官になるには、シミュレーションでいいスコアを出すというだけではだめなのだ。

ドミニクはため息をついて椅子をくるりとまわし、ふたたびフィレアを見つめた。目を離すことができなかった。だが今は、人類に残された最後の軍勢に本当の最期を迎えさせないように導くという仕事が彼には残されているようだった。

なんと名誉なことか。超越公は皮肉な思いで考え、ぼんやりと、彼がこの帝国君主として出す最後の命令を、歴史書はよしとするだろうかと考えた。だがそれから、そんな心配をする必要はないと気づいた。なぜなら、彼のことを語る歴史書など書かれることはなさそうだからだ。

少なくとも、人類の歴史書はないだろう。

11

闇のなかに目覚まし(アラーム)サイレンのすさまじい音が響きわたり、イーサンは目を覚ました。サイレンと共に、合成音声が単調に流れていた。

「アダン・リーズ中尉、乗員待機室に出頭せよ。アダン・リーズ中尉、乗員待機室に出頭せよ……」

イーサンは起きあがって、疲れたように目をこすった。いま何時だ？　と考える。

「アダン・リーズ中尉、乗員待機室に——」

「わかってる、もう起きた！」

アラームが切れ、照明が自動的についていて、まぶしさに目がくらんだ。イーサンは何回かすばやくまばたきし、ダークグレーの壁に囲まれた、見慣れない小さな部屋を見まわした。彼はひとつしかない寝台に横たわっていた。部屋の反対側の、寝台の足側にあたるほうにロッカーがひとつあり、壁には、彼には見覚えのない人々や場所の写真が数枚掛けられていた。

頭がガンガン痛み、鼻は詰まっていた。イーサンはひたいに手を押しあて、目をぎゅっとつぶった。ここがどこなのかすら、わからなかった。昨夜、何があったのだろう？それから、思い出した。遅くまで夜更かしして、〝ベースメント〟と呼ばれる娯楽室でマーヴェリックを何本も飲んだのだった。それから、自分の名前がアダン・リーズではないことも思い出した。それは〈ヴァリアント〉の破壊工作をするために彼がなりすましている操縦士の名前だった。

イーサンは自分の身体を見下ろし、制服のまま寝ていたことに気づいた。つまり、まだホロスキンをつけているということだ。それは好都合だ。少なくとも、乗員待機室に向かう前にホロスキンをつける複雑な手順をやらなくてすむ。

そう考えたところで、そもそもなぜ呼び出されているのだろうという疑問がわいた。指揮官は、何日か休暇をやると言っていたから、これは緊急事態にちがいない。うめき声を上げて寝台から立ち上がり、頭痛薬を探そうとよろめきながらロッカーに向かった。ロッカーを開けてアダンの私物をかきまわし、救急セットを見つけた。そのなかに、痛み止めがはいっていた。イーサンは二錠を口に放りこみ、ふらつきながらバスルームを探した。ようやく見つけ、狭いドアをよろよろと抜けると、錠剤を飲みこもうと洗面台の水を出した。が、唇が水にふれた瞬間、喉がからからに渇いていることに気づいて、水を流したままがぶがぶと飲みつづけた。

それがすむと、多少気分がましになったが、鼻はまだ詰まっており、頭痛はまだおさまらなかった。だがそんなことを気にしている時間はなかった。まず乗員待機室に行って、何が起きているのか知らなければならない。

急いで部屋から出たとき、喉のむずがゆさがひどくなったのに気づき、ほどなくどうしようもなく激しい咳が出た。イーサンは顔をしかめた。何かの病気にかかったにちがいない。医療センターを見つけてウイルス対策薬のウイルクセムを処方してもらわなくてはならない。そのついでに二日酔い用のソベランタも。

イーサンは部屋の向こうの通路に出て、あたりを見まわした。乗員待機室はどっちにあるんだろう——右か左か。そもそも、自分がどこにいるのかもわからなかった。と、ありがたいことに、周囲のいくつものドアがシュッと開いて操縦士たちが足早に、ぞろぞろと通路に出てきた。イーサンは彼らについて軌道車の乗り場に行き、ほかの操縦士たちと一緒に、やってきた車輛に乗りこんだ。知っている顔はなかったので、口をつぐんだまま車輛の隅に空いている席を見つけ、腰を下ろした。ほどなく、操縦士がひとりやってきて、となりにすわった。

「よう！」

イーサンは顔をしかめて見上げた。「よう」

相手の操縦士、小柄で骨ばった体型で神経に障る笑みを浮かべた金髪のくせ毛男は両眉を上げた。「死人みたいな顔をしてるぞ」

「奇遇だな――おれもそう思ってるところだ」

「何か薬を飲んだらどうだ」

「さっき飲んだところだ。それより、この緊急召集は何だと思う、ダチ公？」

くせ毛操縦士は首を振った。

「見当もつかん。おい、あんたはアダン・リーズだろ？　ローカ防衛のあんたのスコアを見たぜ。すごいな」

イーサンはうなずいた。「ありがとう」

くせ毛操縦士はにやりとして、手を差し出した。「タズ・フォンテーンだ」

イーサンはしぶしぶながら、差し出された手を握ったが、IDチップをアダンのものと取り替えたせいでまだ包帯を巻いている手首のすぐそばをぎゅっと握りしめられ、痛みに顔をしかめた。

「おれのことはスキッドマークと呼んでくれ」

タズは顔をしかめてすわりなおした。

「わかった、スキッドマークだな。大丈夫か？　あまり調子よさそうに見えないぞ」

「夜更かししたせいだ」

タズはまたもやにやりとした。「お楽しみだったもんな？」

イーサンはつくり笑いをした。「さあな。思い出せないが、マーヴェリックに飲まれちまったようだ」

タズは笑い声をあげ、神経にさわるやりかたでイーサンの背中をたたいた。軌道車のアナウンスが聞こえ――「次はパイロット・センターです」――その数秒後、車輛が停止した。軌道車のドアが開き、イーサンはゆっくりとシートから立ちあがった。彼もほかの操縦士たちもぞろぞろと流れ出した。タズがさよならと手を振って、言った。「乗員待機室で会おう！」

イーサンは笑みを浮かべ、礼儀正しくうなずいた。急ぎ足で通路の向こう端にある乗員待機室に向かって歩く集団についていこうとこころみたが、ほかの操縦士たち全員に追い抜かれ、イーサンはドアをくぐる最後のひとりになった。めまいを覚えてドアの側柱に寄りかかって身体を支え、近くの操縦士たちから迷惑そうな視線を浴びせられることまちがいなしの咳きこみ発作を必死で抑えようとした。

乗員待機室は、百人以上がすわれる階段式講義室のようなつくりだった。イーサンはのろのろと階段を下りながら、誰か知っている顔はないかと探した。ほどなく、イシカス・アダリの頭がほかの操縦士たちの上に突き出ているのが見えて、イーサンはそちらに向かった。その列を見つけ、いちばん端の席に腰を下ろして、下の演壇に立っている男に目を向けた。演壇に立っている男の肩に金色に輝く三本すじのシェヴロンとノヴァ戦闘機のマークからすると、戦闘機部隊で第二位の地位にある編隊長のようだ。何が起きているかは知らないが、重大なことのようだった。待機室を見まわすと、三十人以上の操縦士が集まっているようだった。それは現在〈ヴァリアント〉にいる操縦士全員にちがいない。

肩をつかまれて振り返ると、通路にほかでもない戦隊指揮官のヴァンス・〝スコーチャー〟・ランジェル少佐がいた。

戦隊指揮官はイーサンをひと目見て、やれやれと首を振った。

「昨夜は何をしてたんだ？」ヴァンスは厳しい声でささやいた。「休息を取れと言ったはずだ。目が真っ赤だぞ。制服はしわだらけで、まるで着たまま寝たようだ、それに——」戦隊指揮官は鼻にしわを寄せ、顔を寄せてイーサンのにおいをかいだ。「——ビールみたいなにおいがぷんぷんする。ここから出ていけ！　あとでわたしのオフィスでおまえに話がある」

「はい、指揮官」イーサンはかすれた声で言ったが、直後にまたもや激しく咳きこみ、戦隊指揮官はうしろに身を引いた。この乗員待機室まで、短い距離ながら急いだのがよくなかったのだ。

「いいか！　こんな状態で飛ぼうとしているというだけでも、おまえを艦隊からたたき出してもいいんだぞ！　わたしがこの口でおまえのことを報告する前に、ここから出ていけ！」ヴァンスは言い、ドアを指さした。

　イーサンは顔をしかめた。「はい、指揮官」

　目立たずにいられるのもここまでか。近くの席の操縦士たちが数人、こちらを向いて動揺した顔をしたが、そのとき任務確認説明（ブリーフィング）がはじまった。

　室内が暗くなり、部屋の前方にホロスクリーンが浮かびあがって、ファイアーベルト星雲の怒ったように赤い映像を映し出した。闇にまぎれて、イーサンはゆっくりと立ちあがり、階段を上がって待機室のドアに向かった。部屋を出るときに、編隊長がしゃべりはじめたのが耳にはいった――

「昨夜われわれが眠っているあいだに、誰かがわれわれのＳＬＳブイにウイルスを仕掛けた。われわれの任務はブイをすべてセットしなおし、こんなことをしたのが誰か見つけることだ。ワームホールを開くゲートが使用不能であり、燃料は高価なため、燃料補給のためにたびたびもどらなければならない。願わくば一日が終わるまでにすべてのブイをセットしなおしたいが、それはわれわれのコード・スライサーがどれだけ早くセットしなおせるかにかかっている。質問は？」

最初の質問を聞く前に、イーサンはドアから外に出た。あまり聞きたいと思わなかった。退屈で単調な任務のようだし、なんとなれば、強制的に艦に残されるほうが、〈ヴァリアント〉に破壊工作をするチャンスがふえるというものだ。イーサンはにんまりしつつ、通路の端にある軌道車のほうにもどっていった。指揮官は艦隊からたたき出してやると言ったが、今日の終わりには艦隊がなくなっているだろう。

底意地の悪い考えに良心がずきんと痛み、イーサンは首を振った。いったい何を考えているんだろう？　おれはこの艦隊の一員ですらないんだ。それどころか、乗員を殺さずにすむ方法を彼は探していた――この空母だけを始末する方法を。誰ひとり傷つけるつもりはなかった。

そう考えたところで、またもや抑制不能な咳きこみに襲われた。軌道車のトンネルにたどりつき、呼び出しボタンを押す。とにかく、まずは医療センターを見つけるほうがよさそうだ。そう考えた。トンネルのドアが開いて次の車輛に乗りこむと、イーサンはドアのわきにある乗り場図の前に行き、目的地に医療センターを打ちこんだ。それから、ほとんど空の車輛でシートにすわり、壁に頭をもたせかけてしばし目を閉じた。昨夜どれだけ眠ったかもよくわからなかったが、二、三時間より長いことはありえない。彼は疲れ果てていた。医療センターに行ったあとは部屋にもどってひと眠りしよう。もう何時間か眠っても害にはならないだろう。

12

イーサンは両開きドアを通って医療センターにはいった。待合室にいる数人の士官候補生や機関士、高官たちの前を通り、まっすぐ受付デスクに行った。デスクの向こうに立っている女性が、近づいてくる彼を見つめた。

「ドクターに診てもらいたい」イーサンは言った。

「そうじゃなかったら、ここには来ないでしょう」彼女は言った。「手を出して」イーサンは右手を出し、手のひらを返して手首を見せた。受付係はきびきびした手つきでペン型スキャナーをその上に走らせ、待合室の椅子の列を指差した。「番になるまでお待ちください」

イーサンはすぐ近くの椅子にすわった。またもや喉がむずがゆくなり、激しい咳がひとしきり出た。近くにいた士官たちが彼のほうを見やり、顔をしかめた。イーサンはそれを無視しようとした。どこかよそに注意を向けようとして、待合室の中央にある、変化する光の彫刻に目を留めた。彫刻は、ゆらゆらと踊っているような虹色の光の模様を天井に投げかけていた。彫刻の奥深くの炎を見つめていると、ゆらゆらと移り変わる虹色の光の模様がすぐに落ち着きをもたらし、催眠作用をもたらすことに気づいた。しばらくすると、咳のことを忘れていた。昔はこうした彫刻は人間の心理や精神状態を操作するのに使われていたが、〈暗黒星域〉に流されて以来、適切に使われているのを見たことはなかった。

待合室で先に待っている人々はそれほど多いわけではなかったが、イーサンは疲労と、この奇妙に心を落ちつかせる彫刻のためにぼうっとしており、周囲のようすにほとんど気づいてはいなかった。

ほどなく、「アダン・リーズ中尉」と呼ばれるのが聞こえた。イーサンは夢見心地で椅子から立ちあがり、長く白い廊下の入り口で待っている若い男性看護師のほうを向いた。看護師のあとについて廊下を歩いていき、小さな診察室にはいった。室内にはベッドのすぐ上に小さな窓があった。看護師はイーサンをベッドに案内し、横になるように指示した。イーサンの身体に診察機器をてきぱきとつけていき、測定値を調べはじめる。

横になると、喉がまたむずがゆくなってきた。イーサンは押し殺そうとしたが、まもなく身体が痙攣するほど激しい咳の発作に襲われた。それが終わると、イーサンは力なく首を振り、うめき声を漏らした。

看護師が興味をそそられたように彼を見た。

「まあ、こんなことを言う必要もないと思いますが、あなたはふつうの風邪をかなりひどくこじらせてしまったようですね。ふつうなら抗ウイルス薬を処方して安静に寝るように指示するところですが、あなたはノヴァ機の操縦士で、艦隊には操縦士に数日間休むことを許すような余裕はないので、血行停止療法というもっと過激な治療をするほうをお薦めします」

イーサンはまたもやうめいた。

「あんたがいちばんいいと思うようにしてくれ、頼む」

「はい」看護師はうなずいた。目はまだ、診断機器のスクリーンをじっと見つめている。「それをすれば、すぐにまたコックピットにもどれますよ」そう言って、イーサンにちらりと笑みを見せた。「すぐにドクターを連れてもどってきます。それまで、ちょっと休んでいてください」

イーサンはうなずき、頭をベッドに預けた。ドアがシュッと開き、それからまたシュッと閉じた。彼はひとり残され、もの思いにふけるにまかされた。部屋がぐるぐるまわっているように感じられたので、目を閉じた。だがぐるぐるまわるような感覚は消えなかった。

またしても喉がむずがゆくなり、激しい咳が出た。冗談じゃない、と彼は思った。まだ任務をはじめてもいないのだ！ ブロンディは期限を切りはしなかったが、銀河一忍耐強い男として知られているわけではない。アレイラを救出するチャンスを得られる前に、彼女は殺されてしまうのではないだろうか。イーサンは顔をしかめた。早く来てくれ、ドクター……

フィレア＝チョーリス・ルートに連なるSLS安全ブイの最後のひとつまでもどってきたところで、アレック・ブロンディは遠くのほうで怒ったようにわきたっているファイアーベルト星雲の赤い雲を見つめた。コルベット艦のブリッジで腕組みをして立ち、SLSドライヴがふたたびまわりはじめるのを待つ。フィレア＝チョーリス・ルートぞいのブイを全部不能にする作業のために、多大な時間と燃料がかかっていた。すべてのブイにひとつひとつコンピュータ・ウイルスを植えつけていくのは長く退屈な作業だったが、ひとつずつセットしなおすのははるかに退屈な作業だろう。そしてそれをしているあいだ、〈ヴァリアント〉は救援を断たれる。ちょうど今、すべてのブイがいっせいに機能不全に陥っており、チョーリス星系から〈ヴァリアント〉が駐屯しているフィレ常航路に沿った通常航行で危険な障害物に遭遇したときと同じように。その結果、このルートを通っている艦はすべて、時間面でも燃料面でも大きな損失を被ることになるだろう。ブイが修繕されるまで、どの艦も〈ヴァリアント〉にはたどりつくことができず、そのあいだにブロンディが仕掛けたもうひとつのウイルスが猛威をふるう時間が稼げるというものだ。

犯罪組織のボスは生化学者、カーリン・ヴァストラ博士のほうを向き、言った。「あんたのワクチンは本当にちゃんと効くんだろうな？」

「もちろんだ。われわれはまったくかからないさ、鼻詰まりにすらならない」

やせこけた老博士はゆっくりとうなずいた。

「あのウイルスが〈ヴァリアント〉の病原菌検出器にひっかからないというのもたしかなんだろうな？」

「そうだ、なぜならあれは、個別ではまったくありふれた、危険性のないタイプのウイルス二種類の混成体だからだ。それだけじゃない、二種類のウイルスを大量投与された宿主以外は、感染してもまったく徴候が出ないのだ。もとの二種類のタイプが混じりあった結果できる次世代以降のウイルスのみが、感染の症状を引き出し、その混成ウイルスが危険なものだと認識されて、〈ヴァリアント〉艦内の病原菌検出器が作動したとしても、そのころには全員が感染しており、すべて手遅れというわけだ。この混成体は数時間のうちに宿主を殺すからな」

ブロンディはゆっくりとうなずいた。

「つまり、安全ブイをセットしなおすより先に、全員死ぬということだな」

「そうとも、ブイを不能にしたのは、感染者がひとりたりとも、ウイルスを保持したまま逃げ出すことがないようにする予防措置にすぎない。いい心がけだろう、万が一ということもあるからな——あのウイルスはそれほどに毒性が強いんだ」

ブロンディは博士をにらみつけた。

「あんたのワクチンはちゃんと効くとさっき言ったよな」

「効くさ、もちろんだ。だがいつだって、予備のプランを準備しておくにこしたことはない。〈暗黒星域〉の残りの部分にすでにワクチンを散布してなかったら、このウイルスが残った人類を一掃してしまいかねないんだ。感染者がひとり逃げ出せば、そうなるだろう。結局、それがウイルスをばらまくためにわれわれが選んだ仕掛けなんだから」

博士は骨ばった人差し指を立ててみせた。「ひとりの宿主で五万人を殺す計画だからな。安心しろ、あのウイルスはちゃんと仕事をするさ。だが警告しておかなきゃならん。もし最近〈ヴァリアント〉を出て〈暗黒星域〉のほかの星系を訪れた誰かがこれまでに給水を通じてワクチンを手に入れていれば、そいつは生き延びるだろう。そうすればあんたは生存者たちの抵抗に遭うだろう……だが何人生き延びるかは、最近フィレア星系を越えて旅をした人数によるだろうな」

ブロンディはあざけるように鼻を鳴らした。

「そうだな、ノヴァ操縦士が戦隊数個分残れば、抵抗勢力と言えるだろうな。ほかの乗組員は大事な戦闘艦から絶対に離れはしないからな。〈ヴァリアント〉の防衛は戦闘機の乗員がいなけりゃ名ばかりのものだろうし、万が一向こうが挑んできたとしても、こっちにはおれの自前の戦闘機がまる二個編隊分あるんだからな」

カーリン博士は片方の眉をくいと上げた。

「帝国艦隊のほかの主力艦についてはどうなんだね？」

「〈暗黒星域〉じゅうに散らばっていて、今はまだコム・ネットワークから遮断されたままだ。やつらが事情の変化に気づいたときはもう、おれが乗っ取った〈ヴァリアント〉に屈服するか、〈ヴァリアント〉に滅ぼされるかのどちらかだ」

カーリン博士はゆっくりとうなずいた。「それでわたしの妻は？」

ブロンディは振り向いて老人を見やった。

「約束どおり返してやるよ。よかったら農業班にもどってもっと大量に収穫できる作物の開発をするといい。まあ、おれがあんたにやる大金があれば、そんなことをする必要もないだろうが」

カーリン博士の薄いブルーの目は痛みに満ちていた。

「妻を人質にとる必要などなかったのだ。わたしはただ金のためだけでも、あんたに言われたとおりのことをしただろう」

「残念ながら、おれが見てきたところ、動機づけとしては、報酬だけでは脅すほどの威力はないんだよ。それにあんたの良心をよみがえらせる危険を冒したくなかったしな。そうだろう?」

カーリン博士は首を振り、目をそらして前方の窓の外に向けた。

「昨今じゃ、良心なんてものはほとんどの人間には享受できない贅沢品だ」

ブロンディは首を振り、あの口を開ける笑みを浮かべた。

「まったく同感だ! まあ悲しむことはないさ、老いぼれ虫けらさんよ!」ブロンディは熱のこもった手つきで博士の背中をたたいた。「今夜あんたの妻のところに連れていって会わせてやる、それでどうだ? それだけじゃない、彼女のほうからあんたに会いに行くこともできるようになる。まあ、試験的解放とでもいうかな、もちろんあんたのウイルスの成功がはっきりするまでだがね」

「ああ、それでいい」カーリン博士は言った。「ありがとう」

「礼を言う必要はないさ」ブロンディは答えた。「今すぐ彼女をここに連れてこさせよう」犯罪組織のボスは通信員（コム）に向かって言った。「マリク中尉、博士の奥さんをブリッジに連れてきて、博士に会わせてやれ」

通信員はうなずき、ヘッドセットに向かってしゃべりはじめた。ブロンディは博士のほうに向きなおり、笑みを浮かべた。

「ほら、わかるだろう？　報われない悪事はないんだ」

博士は心にもない笑い声をあげた。その目と思考は星雲の眺めのなかにさまよい出ていた。

「来い、ミセス・ヴァストラ。今夜は旦那とデートだぜ」警備員が言い、独房から夫人を出して乱暴に通路を押して歩かせた。「さっさと歩け」

「いったいどうして、こんないつにないご親切を受けるわけ？」

「〝超頭いい〟ボスが、博士の業績にご満悦だからだろうな」

ダーラ・ヴァストラは何も言わなかった。ブロンディが夫に何をやらせているのか、よく知らなかったが、いいことであるはずがないことはわかっていた。彼女の夫は遺伝子操作を専門とする生化学者で、水耕栽培ギルドの農業班で、増えつつある〈暗黒星域〉人口に供給できるように、作物の生産性を高めるための遺伝子操作研究をする仕事をしていた。その技能を使ってブロンディが何をしたいのかまでは、彼女には知る由もなかった。もしかしたら、もっと強力なスティムをつくろうとしているのかもしれない。

ダーラは肩越しに振り返って、うしろにいる警備員を見やった。

「これがすんだら、また独房にもどされるんでしょうね？」

警備員は肩をすくめた。「自分は命令に従うだけだ」

「ええ、そうでしょうね」

「さっさと進め」警備員は言い、ふたたび彼女を前に押しやった。

空っぽの独房五室の前を通りすぎ、通路のつきあたりで待機しているリフト・チューブの前に出た。歩きながら、ダーラはつい、空っぽの独房のなかをのぞきこんで、なかに囚人仲間がいないか探したが、独房はすべて空っぽだった——右側の最後の一室をのぞいて。その房のなかには、若い女性がいた。寝台の上に腰掛け、長い黒髪が顔にかぶさっており、房の暗い照明のせいもあって容貌はよく見えなかった。ダーラの心に、この女性をかわいそうだと思う気持ちが突き上げてきた。ダーラは彼女よりせいぜいで二十歳ほど年上というところだったが、彼女を見て、もう一年以上顔を見ていない娘のことを強烈に思い出した。ダーラがよそに顔を向けたとき、その女性が寝台から立ちあがって独房の扉まで歩いてきた。そのとき、女性の顔に光が当たった。

ダーラは息を飲んだ。

不意に歩くのをやめ、すぐうしろを歩いていた警備員がぶつかって彼女を倒しそうになった。警備員はもう一度彼女を前に押しやったが、彼女は動かなかった。心臓をぐさりと槍で貫かれたような心地だった。これが本当のことだと思いたくなかった。

「アレイラ？」ダーラは震える声で訊いた。「あなたなの？」

警備員はダーラを前に押しやろうとするのをやめ、考えこむように眉間にしわを寄せてうしろにさがり、なりゆきを見守った。その目はふたりの女性をかわるがわる見ていた。

若い女性はけげんそうな顔になった。

「いいえ、わたしの名前はエンジェルよ」にこやかな笑みを浮かべて言った。「あなたのお名前は？」

ダーラは若い女性を見て口をあんぐりと開けた。それはアレイラの声だった。顔もアレイラの顔だった。だが彼女は自分の母親の顔がわからないようだし、自分の名前はエンジェルだと思っているようだった。

「あなた、ブロンディに何をされたの？」

ダーラは恐怖に駆られてたずねた。

13

カーリン博士は、妻がブリッジのデッキに連れてこられるのを見ていた。両手を縛られ、すぐうしろにブロンディの手下がついている。だが、彼女の姿勢は決然としていた——背すじをまっすぐのばし、顎をぐいと上げて、青い目は暗い光をたたえている。その姿勢を、カーリンは知っていた。妻は猛烈に怒っていた。彼女をブリッジまで連れてきた男は、入り口わきに立っている警備員たちに彼女を引き渡し、深刻に眉をひそめた顔でブロンディのほうに歩いていった。

何か妙だ。

カーリンは妻を見つめ、妻は無言で彼の視線を受け止めた。妻が何かを伝えたがっていることを、博士ははっきりと感じとった。カーリンは妻をブリッジに連れてきた警備員に目を向け、彼がブロンディのところに歩いていき、何か耳打ちするのを見守った。それを聞いてブロンディは恐ろしい勢いでくるりとこちらを向いた。

「それならなぜここに連れてきたんだ？　このばか者！　即刻連れもどせ」

博士はいぶかしむような目をブロンディに向けた。「何かあったのか？」

ブロンディは首を振った。「なんでもない」

そのとき、背後から妻が叫ぶのがカーリンの耳に聞こえた。

「こいつら、アレイラをつかまえてるのよ！」

カーリンは妻のほうを向いた。妻は入り口でふたりの警備員を振り放そうともがいていた。一瞬後、自分の両腕がつかまれるのを感じ、横に目を向けると、両側に警備員がひとりずつ立っていた。

「これはどういうことだ？」カーリンは詰問した。

ブロンディは悲しそうに首を振った。

「あの娘があんたたちの娘だとは知らなかったんだ、誓ってもいい」

「それなら娘を解放しろ！」カーリンはどなった。

「残念ながら、そう簡単にはいかないんだよ」

「あんたに頼まれたことは全部やったじゃないか！」

犯罪王はくいと首を傾けた。

「ああ、そのとおりだ。ありがとうよ」それから、カーリンをつかんでいる警備員ふたりに目を向け、言った。「このふたりを拘置所に連れていって、監禁しろ」

イーサンは血行停止療法室に裸で立ち、震えていた。目はすぐ近くに据えられた大きな血行停止療法チューブに引きつけられている。部屋はだだっ広くて通気がよく、青いトランスピラニウムチューブが十二台並んでいた。どれが自分用のチューブなのかよくわからなかったので、イーサンは顔をしかめて、すぐ近くのデスクでシリンジに薬液を入れているドクターのほうを向いた。

「本当にこれをする必要があるんですか、ドク？」

ドクターは顔を上げ、シリンジから空気を抜いた。

「すぐに元気になりたいんなら、そうだ」

突然、喉のむずがゆさが鼻まで突き上げ、イーサンはどでかいくしゃみをした。目がうるみ、鼻水が流れ出た。

「錠剤をくれないかな」鼻声で、イーサンは頼んだ。

ドクターはくすくす笑いはじめた。

「まあまあ」イーサンのところに歩いてくると、血行停止療法チューブのわきのスツールに腰掛けるように手振りで示した。「心配はいらない、時間がたつのも気がつかないだろうよ」

ドクターはイーサンの腕を消毒し、針を刺すべく血管を探した。

「意識不明になるのはどれぐらいの時間なんだ？」

針が入れられるときに、イーサンは顔をしかめて訊いた。

「長くて十二時間ってとこだね。たぶんもっと短くてすむだろう」ドクターは注射を終え、満足げな笑みを小さく浮かべて、針を抜いた。「ほら！ じきに眠たくなるよ」

イーサンはとっくに眠たくなっていた。すわって待っているあいだも目は閉じかかっていた。ドクターは血行停止療法チューブに何ごとか入力し、イーサン用の青いＴＰぶたを開いた。イーサンはなかを見つめた。なかは棺桶みたいに見えた。

「療法チューブは準備できてるよ」ドクターは言った。「準備ができたと思ったら、なかにはいってくれ」

イーサンはゆっくりとスツールから立ちあがった。

「あんたがおれを起こすのを忘れたらどうなるんだ？」

チューブにはいるのを手伝っているドクターに訊いた。

「安全装置がちゃんとついてる。だが治療時間の指定をせずに患者をチューブに入れることはないんだ。もし最悪の事態が起きて、艦内の人間全員がきみのことを忘れたとしても、チューブがちゃんときみを目覚めさせてくれるよ」

イーサンはうなずいて、チューブのなかに身を横たえた。ドクターの笑顔がすぐ上に大きく見えた。

「だが心配する必要はないよ。ぼくがここで一時間ごとにきみの状態をチェックするからね。それにもしぼくがいなくなっても、そのときは看護師が誰かつく。きみが目を覚ますときには、必ず誰かがここにいる」

イーサンはまぶたが閉じるにまかせ、弱い咳が出るのを手で覆った。薬がまわったように感じられた。

「わかった」夢見心地で言った。「早くしてくれ、ドク。おれは……」

圧倒的な眠気の波が覆いかぶさってきて、不意にイーサンの言葉がとぎれた。唇はまだ動いていたが、音は出てこなかった。カチリという小さな音と共に血行停止療法チューブが閉じ、加圧空気のしゅうしゅういう静かな音が聞こえた。チューブが暖かくなり、頭がぼうっとなって雲の上でふわふわ漂っているような気分になった。ほどなく、彼は眠りに落ち、ノヴァ戦闘機がフォルリスの緑色に渦巻く表面の上で激しい空中戦をくりひろげている夢を見ていた。ほかのノヴァ機と追いつ追われつしながら、下の農業ドームに爆弾の破片や銃弾を雨のように落とす夢を。イーサンは抗議の声をあげたかった。

なぜたがいに戦っているのか訊きたかった。が、それから、その戦闘機のひとつに自分が乗っていて、その手がトリガーを引きしぼり、照準の十字線の下を飛んでいるノヴァ機に赤いレーザー光線を浴びせていることに気づいた。それは命中し、ターゲット機のシールドがぱっと青く輝き、それから消えて、燃料の一部が振りまかれた。イーサンのターゲット機の左舷側推進機関の輝きが不意に消え、戦闘機はゆっくりと地表のほうに傾いた。イーサンはターゲット機がきりきりと錐揉みしながら落ちていくのを完璧に追跡した。

コムがガアガアと音をたて、それから聞き慣れた声がした。

「よくもわたしを撃ったわね、イーサン！」アレイラだった。彼女の声は苦痛に満ちていた。「さよなら……」地表に向かって垂直落下する戦闘機から、アレイラは言った。

イーサンはぎょっとした。彼は落ちていくアレイラを追い、叫んだ。「アレイラ、脱出しろ！　きみだとは知らなかったんだ！」

だが、コムから返ってきた返事は雑音だけだった。イーサンが見守るうちに、彼女の戦闘機は地表に激突し、爆発して巨大な火の玉となってどんどん広がり、脳震盪を起こさせるような激しい揺れがイーサンの戦闘機を襲った。イーサンは叫んだ。「アレイラ！」

そして、彼は目覚めた。

血行停止療法チューブのふたがゆっくりと開き、空気が漏れ出す音がした。

「治療が終わりました」コンピュータの合成音声が告げた。

イーサンは療法室の冷たい空気に身震いして、起きあがった。喉の奥のむずがゆさが消えていた。深呼吸をすると、もう鼻が詰まっていないことがわかった。血行停止療法チューブはちゃんと仕事をしてくれたのだ。いったいどれくらいの時間、血行停止していたのだろう？　そう考えたとたん、心の目の前に現在の日付と時刻が浮かび上がった。耳のうしろに埋めこまれたホロカード・リーダーからの情報だ。たった十二時間たっただけだった。イーサンは長時間動かしていなかったせいでちょっと痺れている両腕を振って動かし、ゆっくりとあたりを見まわした。

医療センターは真っ暗で、ドクターが請け合っていたにもかかわらず、彼のそばには誰もいなかった。イーサンは顔をしかめ、療法チューブの側面から両脚を垂らした。眠っているあいだにいったい何が起きたのだろう。

そう考えたそのとき、床にうつ伏せに倒れている姿に気づいた。それはばかでかくかさばる白い防護スーツに身を包み、周囲には一面に、中身が何なのか見当もつかない砕けたアンプルが散らばっていた。イーサンは即座にチューブから立ちあがり、めまいを覚えながらぐるりと身体をまわした。ほかの血行停止療法チューブはすべて埋まっており、青いTPぶたが暗い光を帯びていた。なかにはいっている人々の顔がうっすらと見える。暗い部屋のさらに奥に、また別の防護スーツの白い袖と手袋が見えた。医療器具ののった台車の向こうからのぞいていた。

イーサンは首を振った。今見ているものが信じられなかった。これは夢だ。現実であるはずがない。

「もしもーし?」声をあげ、返事を待った。

だが療法室に駆けこんでくる者はなく、床に倒れている身体も身じろぎひとつしなかった。

幽霊船

14

ブロンディはコルベット艦のブリッジの前方の窓の前に立ち、目の前で〈ヴァリアント〉がぐんぐん大きく迫ってくるのを眺めていた。かたわらにはカーリン博士が立っていた。手と脚をスタン・コードで縛られている。

「ついに決定的瞬間が訪れたぞ、博士。向こうの砲列がおれたちを砲撃してきたら、あんたのウイルスは乗務員を殺していないとわかり、おれはあんたを殺す」

その最後のところを言いながら、ブロンディはぞっとするような視線を博士のほうに向けた。だがカーリンは聞こえたような気配を見せなかった。がっくりと肩を落として目を下に向け、自分の足もとのデッキを見つめていた。

ブロンディはこの男へのあわれみの気持ちが小さく押し寄せてくるのを感じた。

「いいか、カーリン。すべてが計画どおりに進んだら、前にした取り引きをやりなおそう。あんたとあんたの妻は自由にして、約束どおりの金を払う」

カーリンは油断のない希望が刻まれた骨ばった顔を、犯罪王に向けた。

「わたしの娘はどうなるんだ？」

ブロンディは丸々した手を上げ、博士の発言をそこで止めた。「欲を出しちゃいかんぞ、カーリン。そっちはもともとの取り引きにはいっちゃいなかったんだ。それに、誓って言うが、あれがあんたたちの娘だなんて、おれは知らなかった。あんたが娘を取り戻したいと言うんなら、あんたに返して、プログラミングを解いてやってもいいぞ。手数料が必要だがな」

博士は歯を食いしばった。「いくらだ？」

「いくらにしようかね？」ブロンディは訊き返した。

「百万ソル」

「わかった、それなら百十万ソルと言わせてもらおうか」

博士の目が飛び出しそうになった。

「そこまでの大金は持ってない、知ってるだろう！」

ブロンディはまじまじと博士を見つめた。

「自分の娘に十万ソル上乗せする価値はないと言ってるのか？」

カーリンは歯を食いしばった。

「それほどの金は持ってないと言ってるんだ」

ブロンディは肩をすくめた。

「大丈夫だよ。貸してやってもいい。その借りを返せるようにほかの職を見つけてやろう」

カーリンは窓に目をもどしてため息をつき、またもやがっくりと肩を落とした。

「それでいい」

窓の外に、ブロンディの混成タイプの戦闘機部隊の、いろんな色にまばゆく輝く推進機関の光が見えた。全部で十八機いる。そのまわりに、補給船が数隻飛んでおり、そのなかにはイーサンの大事なおんぼろ貨物船〈アトン〉もはいっていた。この作戦では操縦士たちの回収船として使われる――万一、〈ヴァリアント〉の抵抗に遭った場合の話だが。そしてそれらの前方を、ちょっと左舷寄りに飛んでいるのが、ギャラント級の大型兵員輸送船で、〈ヴァリアント〉に乗せる代替要員を運んでいる。ブロンディは、都市サイズの空母に必要な最小限の要員数である五千人をかき集めることができただけだが、当座はそれでしのげるだろう。

〈ヴァリアント〉内に解き放ったウイルスが自分たちを脅かすことはないとブロンディは信じていた。彼の乗組員は全員カーリンのワクチンを接種していたが、万が一に備えて、〈ヴァリアント〉に乗りこむときには防護スーツを着ることにしていた。

ブロンディの背後で通信員が声をあげた。

「刈り取り部隊（リーパー）が〈ヴァリアント〉の砲列の射程距離内にはいりました！」

「よし」ブロンディは答え、〈ヴァリアント〉の長距離ビーム砲がこちらの部隊めがけて発砲を開始するのではないかと熱心に見守った。だが空母は、はるかかなたに無反応で黒々と横たわっているだけだった。近づいていっても〈ヴァリアント〉からの攻撃がないというのはいい徴候だったし、まだ迎撃に出てくるノヴァ機もなかった。見たところ、〈ヴァリアント〉は幽霊船になったかのようだった。

ブロンディの口が大きく開いて笑った。

「全部隊に注意を喚起せよ、マリク中尉。われわれは乗艦するぞ」

最初のうち、イーサンにはまったく事情が呑みこめなかった。だが、ドクターと看護師たちが防護スーツ姿で倒れていることと、艦が検疫中だという理由で医療センターから外に出られないという事実からかんがみて、艦内に何かの疫病が蔓延したということがわかってきた。医療センターの入り口わきにある制御パネルにすばやく質問を打ちこむと、それが裏づけされた。

「緊急検疫を実施中です。医療センターに出入りできるのは、適正に認可された医療スタッフだけです」

イーサンは顔をしかめた。適正に認可された医療スタッフが全員死んでいるのなら、どうやってドアを開ければいいのだろう？　待合室の床のあちこちで、真っ白な防護スーツを着た医療スタッフがぴくりともせず倒れている。

まったくの偶然ながら、ブロンディから命じられた任務が、イーサンが何もしないまま成就されようとしているように見える。さらに疑わしく思えるのは、十二時間前には、具合が悪いのはイーサンだけだった。だが彼が治った今、ほかの全員が謎の病原体によって死んでしまっている。

イーサンの眉間のしわが深くなった。彼は偶然を信じるほうではない。彼の直感が、これは偶然に起きた事故ではないと告げていた。ブロンディが出したあの炎のように赤いカクテルがぱっと脳裡に浮かび上がり、イーサンは不意に気分が悪くなった。

もしそれが本当で、イーサンが致死性の病原体を知らずに持ちこんだのだとしたら、よりにもよってどうして彼が生きのびたのだ？　それだけではない、イーサンが病原体保持者で、それがブロンディの仕組んだことだったとすれば、犯罪組織のボスがわざわざアダン・リーズ中尉の身分を乗っ取ったのはむだな労力というように思える。なぜ、ただノヴァ機の操縦士をつかまえて感染させ、それから解放しなかったのか？　イーサンが考えるに、それでは、その操縦士がまっすぐ〈ヴァリアント〉に帰艦するという保証がなく、空母に奇襲をかけるタイミングも読めないとブロンディは考えたのだろう。いったんつかまってから解放されたノヴァ機操縦士は、艦隊から多大な嫌疑をかけられることは間違いない。そのためブロンディは、疫病拡散をもっと確実にコントロールでき、結果が保証される方法を選んだのだ。

イーサンを何より不安にさせるのは、もしこの半分でも本当なら、ブロンディは彼との取り引きを尊重する気はまったくなく、アレイラの生命はすでに失われているだろうということだった。

イーサンの目が険悪さを帯びて、線のように細くなった。

「よくわかった、ブロンディ。第一ラウンドはおまえの勝ちだが、第二ラウンドじゃすべてが白紙にもどされた。絶対におまえを見つけ出して、素手でぶっ殺してやる」

だが今のところは、第一に考えるべきはこの医療センターから出て、ここの乗組員たちに起きたことが自分の身に起きる前にこの艦から脱出することだ。イーサンは急ぎ足で待合室から出て、やってきたほうにもどった。まだ裸だったので、血行停止療法室の、チューブと同じ数だけあるロッカーから服を取り出した。服を着たあと、医療センター内を歩いて、生存者を探した。ほかの療法チューブはみなライトがついており、なかの患者が生きていることを示していたが、彼らを出すような危険なことをするつもりはなかった。彼らがチューブにはいっているのは、そうするだけの理由があるからだ。

医療センター内を歩いているうちに、イーサンは広大な医療備品室のなかに立っていた。だがここでも、ほかの場所と同様、あちこちで医療スタッフがうつ伏せに倒れて死んでおり、生存者はひとりも見つからなかった。手近にある死体を見て、イーサンは顔をしかめた。医療センターがすでに感染してしまったのなら、医療スタッフ全員が防護スーツを着ているのはなぜだろう？　もしかしたら、全員が感染したというわけではないのか……だが、これまでに見た死者の数が、それはちがうと告げていた。

でなければ……

医療センタードアわきの言葉がよみがえった。

「医療センターに出入りできるのは、適正に認可された医療スタッフだけです」

おそらく医療スタッフが防護スーツを着ていたのは、検疫中の艦内を自由に動きまわるためだろう。それなら意味が通る。が、新しい防護スーツはこれまでに見つかっていなかった。イーサンの目が近くの死体に向けられた。次にすることを考えると、嫌悪のあまり身が震えた。

気が変わらないうちにと、イーサンは手近な死体のかたわらにしゃがみこみ、防護スーツを開きはじめた。

その医療スタッフの防護ヘルメットをはずしたとき、この男を殺した原因が何なのか推測できるような徴候は何も見あたらなかった。万一、この男が単に眠っているか気を失っているだけだという可能性を考慮して、男のひたいに手をあててみた。皮膚は氷のように冷たく、イーサンはぎょっとして手をひっこめた。

「完璧に死んでる」イーサンはつぶやいた。

手早く防護スーツを脱がせ、それを着た。

ちゃんと防護スーツを着た姿で医療センターの入り口までもどってくると、自動的にドアが開き、イーサンは薄暗い照明の通路に足を踏み出した。ヘルメット内に呼気が響く音を聞きながら、あたりを見まわす。医療センターのすぐ外側に、さらにふたつ死体があった。片方は白い防護スーツを着ていたが、もう片方は帝国艦隊の黒い制服を着ていた。すなわち、この事態は医療センター内だけではないということだ。

イーサンは倒れている士官に慎重に歩み寄り、携帯している武器を盗もうと身をかがめた。ふと思いついて、身体をひっくり返してみたが、防護スーツを盗んだ医療スタッフと同じで、死因を知る手がかりは何ひとつ見当たらなかった。イーサンは顔をしかめて立ちあがると、通路を歩きはじめた。十二時間ちょっと前に乗ってきた軌道車の乗り場に向かう。

やってきた車輌に乗りこむと、シートにすわったり床に倒れたりして死んでいる士官がさらに数人見つかった。それは無視しようと努め、ドアのわきの行き先表示に注意を向けた。ブリッジ・デッキと打ちこむ——もし誰かまだ生きて船を動かしているとしたら、論理的に考えてきっとそこにいるだろう。ブリッジへのアクセスは制限されているから、疫病もそこまで広がってはいないかもしれない。軌道車は目的地を承認し、すぐにスピードを上げた。

イーサンは車輌内の死体からなるべく離れているシートを探した。たとえブリッジも同様に死体だらけだとしても、ブリッジから生命維持装置の使用状況をチェックして、艦内のどこかに生存者がいないか調べるつもりだった。そしてもし生存者がいなければ、誰かがやってきて、答えにくい質問をあれこれされる前に、ノヴァ戦闘機に乗ってこの幽霊船から脱出するのだ。すべてはブロンディが仕組んだことだという彼の説明が艦隊の取り調べ官に聞き入れられるとはとうてい思えないし、彼がホロスキンで艦隊士官になりすましていたことがわかったら、何をされるかわかったものではない。ブロンディの計画は彼本人にとっては文句なくすばらしいものだったのだ。〈ヴァリアント〉をなくせば、帝国艦隊の大部分を葬り去ることになる。そこに何か大きな事態が生じれば――たとえばブロンディの軍隊と帝国艦隊の軍隊とのあいだに戦闘がはじまるというような――ほかの場所に駐屯していたわずかな残りは〈暗黒星域〉の治安取締まりをするしかなくなるだろう。

あの犯罪王が何をもくろんでいたのか、ようやくイーサンにもわかってきた――一種のクーデターのようなものを起こして、この領域の支配者になろうとしているのだ。ブロンディは政府をなくしたいのではない。自分が政府になるつもりなのだ。

艦内を横断しているトンネル網を数分間走り抜けたあと、軌道車はブリッジに到着した。ドアが開き、イーサンは広く短い灰色の通路に足を踏み出した。通路にはパイプが走り、発光パネルが並び、リフト・チューブがあった。通路の突き当たりの両開きドアは、防護スーツを満載した台車と、その台車を押してきた防護スーツ姿の医療スタッフの死体をはさむようにして、開け放しになっていた。

イーサンは顔をしかめてそのドアに歩いていった。死体をまたいで台車を乗りこえ、ブリッジにはいった。ドアの向こう側は、長い銀色の通路だった。数階分の高さと、セラフィム級コルベット艦の長さを越える広さがある空間に、膨大な数の窓が並んでいる。

それらの窓から、フィレア＝チョーリス・スペースゲートとその向こうのファイアーベルト星雲が見え、通路の下には、巨大戦艦の二十を超える制御端末にかぶさるように倒れて死んでいる数十人の士官たちが見えた。

だが何よりもイーサンの注意を引いたのは、通路の向こう端によるべない感じで立っているひとりの小さい男だった。イーサンに背中を向け、窓の外の星々を見つめている。

その男の着ている服は、特別な純白の制服で、タッセルつきの金色の肩章がついている。

イーサンはぎょっとした。そういう制服を着ている人間はただひとりだけだ。イーサンは白い制服のうしろ姿に向かって歩いていった。自分の目がおかしくなったのでないことを願っていた。

近づくにつれ、小さな希望の火花が散るのを感じていた。

「超越公？」

15

「超越公ドミニク！」

イーサンはもう一度呼んでみたが、男は振り向かなかった。イーサンは男の横に並ぶと、男の両肩をそっとつかんでまわし、その顔と向き合った。

なじみのある、年老いた風貌を見て、イーサンはうれしかった。男の頬は高齢でそげ、髪と眉は輝くように真っ白だった。鼻は目立つが細く、鷲のくちばしのように曲がって垂れ下がっている。目にはしわがほとんどなかったが、それはまじめすぎて笑ったことがないと告げているようだ。ひたいには、常に懐疑的な表情をしていると告げるかのように、深いしわが刻まれていた。老人の顔は、イーサンが長年ホログラムで見てきた超越公ドミニクの顔と完璧に一致していたし、白い制服の袖についている記章もその地位に合致するものだった。それは中央の金色の握りこぶしのまわりに、六つの主要世界をあらわす金色の六つの星が配された、星系間帝国（ISS）のシンボルマークだった。ただ、ホログラムと合わないのは、老人のブルーの目に浮かんでいる、大きなショックを受けた恐怖の表情だった。

イーサンはやさしく、超越公の肩を揺すぶった。

「ここで何があったんです？」

ブリッジじゅうの制御端末にかぶさるようにして倒れているたくさんの死体を指さして、たずねた。

超越公の唇が動きはじめたが、声は出てこなかった。

イーサンはもう一度、老人を揺すぶった。「しっかりしてください！」

超越公はかすかな笑みを浮かべて言った。「みんな死んでるよ」そう言うと、ふたたび窓のほうを向いて、宇宙を指さした。「お仲間が来てるぞ」

イーサンは超越公の指の先を追った。真っ黒な虚空を背景にして、ほのかに輝く銀色の雲が見える。そこに浮かぶいくつもの小さな点は、遠目からでは星に思えるが、〈暗黒星域〉の縁にいくつもあるブラックホールに間近なここでは、星があれほど密集することはないし、あれほどまばゆく光ることもない。フィレア星系の薄赤い太陽の光を受けて輝いているのは、人工物だ。あれは接近してくる艦隊の輝きだった。

目を凝らしてよく見ると、その艦隊のなかの大型船の推進機関の輝きが判別できた。

そのいくつかはかなりの大きさだろうと思えた。イーサンは近づいてくる敵のほうにうなずいて見せ、超越公のほうを向いて言った。

「あの艦隊のズーム画像を出してください」

超越公が反応するまでにしばらくかかったが、いざ彼がその気になると、命令を声に出していう必要すらなかった。まるで超越公にコマンド・チップが埋めこまれているかのように——多分本当にそうなっているのだろう——スクリーン上に拡大画像があらわれた。

〈ヴァリアント〉のターゲット捕捉コンピュータが、既知の船体タイプを強調表示しはじめた。敵船のほとんどは、余った部品をつぎはぎしてつくったものなので、タイプは認識不能だった。だがイーサンにも、少なくとも二隻は判別でき、いったんそれがわかると、彼はあんぐりと口を開け、嫌悪の視線を向けた。最初に判別できたのはブロンディのコルベット艦の〈カヴァラス〉で、次にわかったのが、彼の持ち船である〈アトン〉だった。イーサンは首を振った。信じられなかった。

「こんちくしょう！　やつはおれの船を盗んだんだ！」

「どこだ？」超越公はほとんど興味のないようすで訊いた。

「あそこですよ！」イーサンは貨物船〈アトン〉を指さした。ＳＩＤコードはまだ彼の名前を放送していた。「あれです！　〈アトン〉だ！　ブロンディは〈ヴァリアント〉を乗っ取りにやってきたんです。そしてこの戦闘におれの船を持ってきやがった。あのくそったれ野郎、殺してやる！」

ショックを受けて大きく見開かれていた超越公の目が、不意にすがめられ、彼は頭を振りはじめた。

「〈アトン〉？　それがきみの船の名前なのか？」

超越公の視線がイーサンの顔に注がれ、近づいてくる艦隊を見る以上に注意を集中して見つめた。

イーサンはその質問を無視して、いらだたしげに首を振った。不意に背後にある無数の制御端末を調べはじめた。

「この艦には武器はないんですか？」

「ああ、たっぷりあるとも」超越公の声がようやくはっきり響くようになった。

「で？」イーサンは問いつめた。「やつらがここにたどりつく前に砲撃を開始しないんですか？」

「砲撃手は全員死んだ」

「自動で発射するものはないんですか？」イーサンは信じられないというように訊いた。

「ここから操作できるものはない。残念ながら、この艦は乗員二名で動かせるようなつくりではないんだ」

「それは、ほかに生存者はいないということですか?」

超越公はぽかんとした顔をイーサンに向けた。イーサンはため息をついた。

「知らないというんなら、全艦の生命維持装置を調べてください!」

「わかった」

超越公がそう言うと、ふたりの前の空中に、すべての階のデッキが見える〈ヴァリアント〉の透明ホログラム映像があらわれた。その立体見取り図には、何千という小さな赤い点が散らばっていた。超越公は首を振りはじめ、イーサンのほうを向いた。先ほどの激しいショックを受けた表情がまたもどっていた。

「全員死んでいる」

イーサンは目を細めて映像を見つめ、生きている人間を示す緑色の点はないかと探した。だが、見つからなかった。赤い点はひどく密集していて、その隙間を見ることはできなかった。ふたりがいるブリッジ・デッキですら、赤い点の壁のように見えた。

「ちょっと待って」

見えるはずのものが見えていないことに気づいて、イーサンは言った。このブリッジに、少なくとも二個は、緑色の点があるはずなのだ。この見取り図は、すべての乗組員を個々の点であらわせるほど正確なものではないということだ。大量の赤い点に隠れて、生存者を意味する緑色の点がいくつかあるにちがいなかった。

「ズームインしてください」

超越公がそれに応じ、ふたりが見ている映像がみるみる大きくなった。この空母には百を超えるフロアがあり、そのすべてに赤い点が密集していた。緑色の点はひとつもない。だがそのとき、イーサンの目にはいった——

「あそこだ！」イーサンはたったひとつの緑色の点を指さした。「あのエリアを拡大して、死者と生存者の総計を出してください」

ホログラムのわきに二つの数字が浮かんだ。ひとつは緑色——二桁だ。もうひとつは赤色——五桁の数字だった。イーサンは緑色の数字をもっとよく見ようとした。それから、超越公がズームインしたときにあらわれ、急速に増えつつある緑色の点の数を。

「うわ！」イーサンは叫んだ。「九十七人、生きてます——たぶんおれたちを入れて」

超越公は首を振った。

「五万人を超える乗員を必要とする艦に、たった九十七人で、どうやって防衛をするというんだ？」

イーサンは辛抱強い笑みを老人に向けた。

「〈ヴァリアント〉にはヴェンチャー級巡航艦が二隻ありましたよね？」

超越公はゆっくりとうなずいた。その目にかたい決意が宿っていた。「その片方は任務で出ている、だがあることはある」

「すると、おれたちに残されているのは一隻か。その巡航艦は乗員二百人でなんとか動かせるやつですよね。最低限の基幹要員五十人に、ノヴァ機の戦隊数個を発進させればなんとかできるはずです」

超越公はきびきびと動きはじめた。足早に通路から階段を下り、下の制御端末に向かう。

「きみの言うとおりだ」

イーサンは超越公のうしろに続いた。

「それじゃ、検疫を解いて、生存者を腹部格納庫に集合させてください。〈ヴァリアント〉は戦わずして降伏するつもりはありません」

「わたしもまさにそう思う」

ドミニクはすでに艦内通信（コム）システムのスイッチを入れていた。

巡航艦〈ディファイアント〉

16

「こちらは超越公ドミニク、空母〈ヴァリアント〉艦内でわたしの声を聞くことのできるすべての生存者に告ぐ。すでに知っているだろうが、本艦は現在、緊急検疫中である。ほんの数時間前に本艦を席巻した疫病が、艦内のほぼ全員の生命を奪い、本艦を壊滅状態に陥らせた。だが、どうやらこれは総攻撃の序曲にすぎなかったようだ。現在、敵艦隊がこちらに向かってきている、われわれの弱体化につけいろうとしているのだ。効果的な防御をするために、われわれは巡航艦〈ディファイアント〉に乗りこんで出撃しようと思う。たった今、検疫を解いた。右舷側の腹部格納庫に集合してくれ。十五分後に発進する。以上」

超越公がコムを閉じると、不意に検疫を知らせる薄暗い非常時照明に代わって、ブリッジじゅうの発光パネルが点灯し、暗さに慣れた目がくらみそうなほど明るくなった。一秒後、赤い警報サイレンが発動し、照明がふたたび薄暗くなった。だが今度は赤い輝きになっていた。

「行くぞ」超越公はきびきびと、コム・ステーションから頭上の通路にもどっていく。

イーサンはその横に並んで歩いた。

「あの艦隊がやってくるまでに、十五分もあると思ってるんですか？」

「やつらがこの艦に乗艦して乗っ取るつもりなら、格納庫のどれかの入り口を爆破して入り口をつくらなければならない。格納庫のシールドを破るにはそれぐらいかかるだろう」

超越公の前でブリッジの奥のドアが自動的に開き、イーサンはあとに続いた。すぐ近くのリフト・チューブの前で、ドミニクは足を止めた。不意にイーサンを振り返り、笑いかける。

「わたしが誰だか知っていると思うが、正式な自己紹介はまだだったな。わたしは超越公アルタリアン・ドミニクだ」

イーサンはうなずいて、手を差し出した。「アダン・リーズ中尉です」

超越公はとまどったようだった。

「ローカ防衛のアダン・リーズ中尉かね？」

イーサンは片眉を上げた。超越公が知っているということは、あの成績は思っていた以上によかったということか。「はい」

「たいしたスコアだった。会えてうれしいよ、アダン」

そう言って、超越公は握手の手を取ろうとしたが、イーサンの手を取りそこねて手首をつかんだ。超越公の手がイーサンの包帯をじかに握りしめ、イーサンは顔をしかめた。

「すまない」ドミニクは小さい笑みを浮かべて言った。「そんなに強く握ったつもりはないんだが」

リフト・チューブのドアが開き、ふたりはなかに乗りこんだ。

イーサンは首を振った。

「気にしないでください。お年の割には力がお強いんですね」

超越公の片方の眉がぴくりと動いた。「きみは若い割に力が弱いな」

「おあいこですよ」イーサンは言い、超越公がフロア・ナンバーを打ちこむのを見ていた。九番デッキ。突然、足の下の床が落ちるように感じられた。リフト・チューブがこの艦の人工重力のなかをものの数秒でほぼ百階分降下したのだ。数秒後、ドアが開き、ふたりはどっしりしたトランスピラニウム壁のすぐ前の幅広いコンコースに足を踏み出した。壁の向こうに右舷側腹部格納庫が見え、片側にヴェンチャー級巡航艦の汚れひとつないグレーの艦体がはっきりと見えていた。この腹部格納庫は全長二百八十メートルの巡航艦を収納できるほど大きいのだ。

　イーサンは驚嘆の口笛を吹いた。

「獣の筋肉のような優美さだ！　まさに期待していたとおりだ――彼女（ディファイアント）のスカートの下に隠れたいよ」

　超越公が微笑んだ。

「まさにそうだな。通常なら、われわれの背後にもう一隻あるはずなんだがね」

　イーサンは振り返って、同じようなＴＰ壁の向こうの、空っぽの左舷側腹部格納庫をちらりと見やった。一瞬後、彼はふたたび右舷側格納庫に向きなおり、そこにある巡航艦をもっとよく見ようとＴＰ壁に歩いていった。思わず、巡航艦のラインをなでるかのように、向こう側の艦と自分を隔てる冷たいＴＰ壁に両手を這わせていた。

「この艦を見ると、おれには星系間帝国（ＩＳＳ）が見えます。一万年という時をかけて積み重ねられてきた文明が見えます。ハンレーの果てのないビーチとクリスタル・ブルーの海が見えます。アドヴィスタイン、ゴルヴィン、クレメンタの都会的なユートピアも見えます。だが何よりもよく見えるのは、ローカⅣの雪を冠してそそり立つ山脈です。嵐の直前に紫色になっていく空、峡谷都市や氷河公園……」イーサンはTP壁から目を離し、超越公がかたわらに立って、興味深げに自分を見つめていることに気づいた。イーサンは悲しげに首を振った。「そしてそれから、すべて消え去ったところを想像しようとする、でもできないんです。サイジアンが侵攻してきたとき、おれはその場にはいもしなかった。やつらがどんな姿をしてるのか、どんな声をしてるのか想像もつかないんです。もちろん、戦争のホロ映像は見たことがありますよ、ほかのみんなみたいにね。でもあれは本物には見えないんです」

超越公は笑みを浮かべた。

「きみはローカⅣのことを、まるでそこにいたみたいに話すね」

「ローカはおれの故郷なんです」

超越公は両眉を上げて、笑みを浮かべた。

「きみはローカ出身なのか？　なんという奇遇だ、わたしもだ」

イーサンは眉をひそめて、超越公を見た。超越公がローカ出身だとは知らなかった。実をいうと、超越公はアドヴィスタイン出身だと思いこんでいたのだ。

「それはローカで二、三年暮らしていたということですか？」イーサンはたずねた。

「いや、わたしはローカで生まれたんだ、アダン。きみと同じようにね」

イーサンの目が険しくなった。

「わたしはローカで生まれたなどと言ってない。ローカが故郷だと言っただけだ」

「ああ——」超越公の笑みが薄れた。「すまない、ただそう思っただけなんだ……」

イーサンはうなずいた。ということは、超越公は本当にローカ生まれなのだ。アドヴィスタインというのは公式発表用の出身地なのだろう——人民の大半が関係している場所の出身とするほうが、政治的に利点が多いのだから。

「あなたはローカが陥落するのを見ていたんですか?」イーサンは訊いた。

超越公は首を振った。

「いや、きみと同じで、わたしもまた、かつて知っていた銀河がないことを想像するのに苦しまなければならないひとりだ」

「でもまあ、少なくともあなたは戦争の一部を見たんですから」イーサンはTP壁に目をもどした。格納庫の外に広がる〈暗黒星域〉の星のない虚空を見る目がぼうっと濁った。「あなたは破壊を目撃した」イーサンは遠い声で言った。「あなたは、われわれが何から逃げているのかちゃんと知っている。でもおれはつい考えてしまうんです。いつの日か、ここでのおれの刑期が終わって、自分のベッドで目覚めたときにこれはすべて、ただの悪い夢だったとわかるんじゃないかって」

ローカⅣで、妻デストラの横で目を覚ますところを、イーサンは想像した。それは何度も見た悪夢だった。だがそれから本当に目を覚まし、その夢がいい夢で、現実が悪夢なのだと気づくのだ。その夢のなかでは、息子のアトンが走ってきてベッドに飛び乗るのだ。そしてもう起きてよ、見逃しちゃうよと言う。見逃すって、何を？　イーサンは訊く。雪崩だよ！　アトンが答える。それからイーサンは、いつものようにうめき声をあげて寝返りをうつ。ローカでは一時間おきに雪崩が起きるのだ、それは山脈の採掘のおかげで。まもなく鉱山労働者たちが起き出して発破をはじめる。すると山々の峻厳な頂から雪が崩れ落ちるのだ。イーサンは悲しげな笑みを浮かべた。それから、アトンがおれに頼むんだ、グライダーに乗りに連れていってと。そしておれが答える、パパと一緒にグライダーに乗るにはせめて十歳にならなきゃな、と。

イーサンはため息をついた。

「もう一度ローカを見られたらなあと思いますよ、かつてのままの姿のローカを」

彼が言っているのは、ローカの街々や風景のことだけではなかったが、超越君主にそんなことがわかるはずもなかった。

肩にがっちりと手が置かれるのを感じ、振り向くと、超越君主が熱のこもった目で彼を見ていた。超越公のブルーの目が疑わしそうに潤みを帯びて光っていた。

「わかるよ」ドミニクはささやいた。「人類すべてが願っているよ、いつの日かあのすべてをふたたび見てみたいと」

「そうです」イーサンはうなずいた。「いつの日か」

だが、息子に会うことはないだろう。妻にも。すべてをとりもどせる日など、やって
くることはないのだ。

数秒後、ブレーキのきしる音とドアがシューッと開く音に、ふたりの目はコンコース
の向こう端と軌道車のトンネルのほうに向けられた。操縦士たちの最初の一団がコンコ
ースに流れこんでくるのを、ふたりは見守った。

「人類にかけて、自分の目が信じられない！　あれが超越公か？」ひとりが言った。

「そのようだな」もうひとりが言った。

「超越公の姿なんて、何年も見てないぞ！」

「つい昨日、ホログラム放送で見たじゃないか」

「おれが言ってるのは生身でってことだ」

一団は超越公の前で止まり、気をつけをした。「敬礼！」いっせいに敬礼する。

「休め」ドミニクは言った。「きみたちは何人いるんだ？」

ひとりの士官が一歩前に出て、言った。「二十三人です、閣下」肩の階級章から、少

佐だとわかった。一秒遅れて、ほかでもないヴァンス・〝スコーチャー〟・ランジェル少佐だと、イーサンは気づいた。集まった士官たちの一団にイーサンはすばやく目を走らせ、さらに四人、知った顔を見つけた。ジーナ、イシカス、ローバ・キャルディン中佐、それからタズという名前のくせ毛の金髪の操縦士。イーサンは顔をしかめた。生存者のほとんどはノヴァ機操縦士だった。

超越公もそのことに気づいたようだった。「ノヴァ機操縦士はわたしの左に」左手で示しながら言う。「戦艦乗員はわたしの右に」右手で示しながら、続けた。「機関士と技術士は中央に」

集合した士官たちが分かれると、グループ全体に乗員はふたりだけ、機関士はひとりしかいなかった。

超越公はやれやれというようにかぶりを振った。「ともかく、ここにノヴァ機の戦隊は数個分あるが、それ以外はたいしてないな」

「ほかの者たちがやってくるまで待ちましょう」イーサンが言った。

そのとき、ジーナが口を開いた。「アダン、あんたはなぜそこにいるの？」超越公が彼女のほうを向いた。「すみません、閣下。ですが彼はノヴァ機操縦士であって、司令官ではありません、ご存じのはずですが」

「彼の職分はわたしが判断する、ありがとう」

超越公の視線が、新たに到着した軌道車からコンコースに出てくる男女に向けられた。彼らがやってくると、超越公はもう一度、ノヴァ機操縦士と機関士と戦艦乗員に分かれるように告げた。今回は五十人を超える士官が集合し、そのうち二十人がノヴァ機操縦士だった。

ドミニクはイーサンのほうを向いた。「何分たった?」

「十分です、閣下」

「それなら、あと五分だな」

三輌目の軌道車が着くころには、全部で九十七人の生存者がコンコースに集合し、六分がすぎていた。「よし」超越公が言った。その発声を合図にしたかのように、一同の足の下のデッキがすさまじい爆発で揺れ、周囲の壁を通して不吉な音が響いた。右舷側格納庫のTP壁が余波の震動で激しく震え、一瞬、その向こうのヴェンチャー級巡航艦がイーサンの視界でぼやけた。全員の目がコンコースの反対側にあるからっぽの格納庫の外に向けられたとき、ブロンディのつぎはぎ戦闘機からなる一戦隊が左舷側格納庫のシールドにまばゆい金色のリッパー弾を撃ちこみはじめたのが見えた。シールドのすぐ向こう側で待ち受けているのは、傷だらけの古い兵員輸送船とブロンディのつややかな黒と銀色のコルベット艦だ。

超越公は乗組員たちのほうに目をもどした。

「どうやら時間切れのようだ。ブリッジ制御システムをちょっとでも経験したことのある者はわたしについてこい。ノヴァ機操縦士たちは〈ディファイアント〉の格納甲板に行き、戦闘機の発進準備をせよ。歩哨ロボ(センティネル)、きみたちはわたしたちと一緒に来るか、艦に残って敵を足止めするかを選べ。だがきみたちを迎えにもどってくるという保証はできん。機関士は飛行甲板に行って操縦士を誘導しろ。さあ、行くぞ!」栄誉ある死へ。

そう言うと共に、超越公は右舷側格納庫のドアの制御パネルのほうを向き、スキャナーに手首をかざした。最初の二枚組ドアが開き、続いて第二の二枚組ドアが開いた。全員が格納庫になだれこみ、待ち受けている巡航艦に乗艦した。

17

イーサン・オルテインは急いで防護スーツを脱ぎ捨てると、それを巡航艦〈ディファイアント〉の格納デッキに残し、手近なノヴァ機のコックピットに乗りこんだ。それは迎撃機マークⅡだったが、もっとなじみのあるマークⅠに乗り換えている暇はなかった。少なくとも迎撃機のスピードは生きのびる助けになるだろう。キャノピーが閉まると、イーサンはイグニッション・スイッチを入れた。迎撃機の反応炉が小さな音をたてて動きはじめ、すぐさま音が大きく、高くなっていった。フライトスーツを探している時間はなかった。ただただ、コックピットに何も異常が起きませんようにと願うのみだった。コックピット内のディスプレイ・スクリーンがつき、続いてヘッド・アップ・ディスプレイ(HUD)の緑色の輝く光がついた。システムの作動報告がディスプレイから次々に浮かび上がり、イーサンは簡約された飛行前点検を完了するために、データにすばやく目を通した。彼の機は巡航艦の格納庫にまっすぐ向いていた。開口部から、空母のコンコースにいる六体の歩哨ロボがゼファー・ライト・アサルト兵装を装着しはじめているのが見えた。なかの一体は、巨大な百五十トンのコロッサス兵装を見つけてもいた。その六体は空母〈ヴァリアント〉に残って防御することを選んでいた。だが彼らには生き残る望みはなかった。期待できるのは、せいぜい〈ディファイアント〉のための時間をかせぐことぐらいだった。少なくともこれらの外骨格兵装が、しばらくのあいだはブロンディの何千人という軍勢から彼らを守ってくれるだろうと考えて、イーサンの心はちょっと安らいだ。

突然、巡航艦〈ディファイアント〉のスタティック・シールドがオンになり、イーサンの視界が青くぼやけた。それから、そう遠くないところで〈ディファイアント〉のスラスターの始動音が轟き、巡航艦は空母の巨大な格納庫からすべりだして、空母の真下はるか、氷の世界——惑星フィリアに向けて自由落下をはじめた。

次の瞬間、イーサンのコム・システムがなりたてはじめた。ヴァンス・ランジェル少佐だった。

「よし、操縦士諸君。今から諸君の戦闘時コードナンバーを発表する。われわれのほとんどはここにあまりなじみがない、だから自分にあてられた分隊及び僚機の是非について、文句は言わないでくれ。ガーディアン中隊が最初に発進し、アヴェンジャー中隊がそれに続く。マークⅡがガーディアン中隊。アヴェンジャー中隊はマークⅠだ。われわれのメイン・ターゲットは敵兵員輸送船。アヴェンジャー中隊は、ガーディアン中隊が敵戦闘機を迎撃しているあいだに、魚雷で敵兵員輸送船を攻撃する。何か質問は？」

イーサンの任務割り当てがディスプレイに送られてきた。彼はガーディアン＝5に任命され、パートナーはガーディアン＝6のジーナ・ジョード狙撃手だった。すばらしい、と彼は考え、コックピットの横をちらりと見た。となりの迎撃機から、ジーナが彼をにらみつけていた。

イーサンはまねごとのような敬礼を送ってみせ、それからコムで編隊長に質問した。

「〈ディファイアント〉のビーム砲は何をねらうつもりなんですか？」

「アヴェンジャー中隊と同じだ、できるならな」ヴァンスは答えた。「艦内に武器管制訓練を受けている士官はほとんどいない。乗組員たちがその技能を素早く身につけることを願うしかない」

「ラジャー」

ブロンディのつぎはぎ戦闘機が〈ディファイアント〉の格納庫口のスタティック・シールドに金色のリッパー弾を浴びせて飛び去っていくのを、イーサンは顔をしかめて見守った。ドッキング・クランプで固定されているいくつかのノヴァ機ががたがたと揺れる。幸い、ノヴァ機はシールドを作動させていた。次の瞬間、ヴァンスがコムでどなるのが聞こえた。

「〈ディファイアント〉、ノヴァ機がデッキから撃ち落とされる前に格納庫のシールドを立ち上げろ！」

一瞬後、別の声が聞こえてきた。

「すまない」超越公だった。「シールドはいま上げた。発進チューブは作動させてあるから、きみたちは準備ができしだい発進できる」

「ラジャー、司令官。発進コードを送ってください。こちらの準備はできています」

イーサンの迎撃機がビーッという音を鳴らし、ナビが《自動操縦モード発動》というメッセージを出した。同じことを、女性の合成音声が彼のすぐ耳もとでくりかえした。

「超越公の言葉は聞いたな！」ヴァンス・ランジェル編隊長が言った。「準備しろ！まずガーディアン中隊が発進チューブに出ろ。敵戦闘機の気をそらしつづけることを肝に銘じろ！」

ノヴァ迎撃中隊の最初のひと組が重力リフトで上がっていくのを、イーサンは見守った。三連スラスターから青いイオン放射の星型の光が噴き出し、格納庫の側壁にある赤く輝く発進チューブのほうにシュッと送られた。イーサンがキャノピーの横に目を向けると、二機の迎撃機は明るい閃光と共に発進チューブのなかに消え、それから彼のすぐ前にいたひと組の機体が、グラヴ・リフトで上がっていきはじめた。彼とジーナは次だ。イーサンのコムがぱっと光って、ウイングメイトからのメッセージがはいってきたことを示し、ジーナの声がコックピットいっぱいに響いた。

「今回はしくじらないでよ、アダン。あてにしてるからね」

「こっちもだ」イーサンはコムに返した。

そのとき、ふたりの機が自動的にグラヴ・リフトに上がり、赤く輝く発進チューブに向かって発進した。発進チューブの開口部は、迎撃機が通るのは不可能に思えるほど小さかったが、それが猛烈な勢いで迫ってくるのが見え、突然彼は、自分のノヴァ機が狭い開口部を通り抜けるのに失敗し、縁にぶつかって爆発するのではないかと思った。

だが、自動操縦システムはミスをせず、彼はまっすぐすべり出ていた。一秒後、赤く輝くチューブがエネルギーの解放と共にまばゆい閃光を放ち、イーサンは操縦席にきつく押しつけられるのを感じた。ノヴァ機は〈ディファイアント〉の後部から宇宙空間に飛び出した。ちらりとヘッド・アップ・ディスプレイ(HUD)を見ると、すでにこの迎撃機の最高加速、百八十五KAPSに達していた。イーサンのターゲット捕捉コンピュータがただちに六組の赤いブラケットを表示した――六機のつぎはぎ戦闘機が逆V字フォーメーションを組み、こちらに向かって飛んできていた。

「敵機襲来！」ジーナが叫んだ。

先頭のガーディアン二機が敵戦闘機のフォーメーションのあいだを通り抜けながら、赤いダイミウム・パルス・レーザーを敵に浴びせるのを、ふたりは見守った。ガーディアン＝2（ツー）が敵の注意をよけいなほどに引きつけ、複数の敵戦闘機がリッパー砲をガーディアン＝2に向けた。何条もの金色のリッパー弾がガーディアン＝2に集中した。

「ツーに近づくな！」

ガーディアン＝2のウイングメイトのヴァンス・ランジェルがコムにどなった。一秒後、ガーディアン＝2が爆発してまばゆいオレンジ色の火の玉と化すのが見え、断末魔の悲鳴がイーサンのコックピットじゅうに響き渡った。

そのようすを見て、敵のフォーメーションに接近していたガーディアン＝3（スリー）と4（フォー）はすぐさま敵から離れ、敵編隊のただなかにガーディアン＝1（ワン）を置き去りにした。

「フォーメーションにはいれ、シックス」イーサンはジーナに言った。「隊長を救出しに行くぞ。霰弾のスイッチを入れろ。このつぎはぎ野郎どもは、機体は頑丈だが、追尾してくる武器から逃げ切れるほどの操作性もスピードもない」

「スイッチを入れたわ……」

イーサンは自分で言ったとおり、手近にいるつぎはぎ戦闘機にミサイルをロックオンした。そのつぎはぎ機はあわれな六十八KAPSの速さでこちらに向かっており、三・五キロメートルのところにいた。かろうじてレーザーとリッパー弾の射程距離からはずれている。突然、イーサンのターゲット捕捉コンピュータがミサイル・ロックを告げるはっきりした音を出し、ターゲット照準が赤に変わった。イーサンはトリガーを引き、二条の霰弾をほとばしらせた。その二条の霰弾が冷たく青い弧を描きながら飛んでいくのが見え、それから目の隅に、ジーナが同じように二条の霰弾を発射したのが見えた。メイン・スラスターが使いつくされ、ミサイルは急速に闇のなかに消えた。数秒後、まばゆい火花が散って、四つのミサイルが破裂して小さな十六個の弾頭になり、それぞれのスラスターが作動をはじめて、それぞれが別個の敵ターゲットにロックオンし、追尾をはじめた。と、ほぼ瞬時に、目のくらむような爆発がふたつ起きた。敵戦闘機が二機吹っ飛んだのだ。その破片が三機めに命中し、その機ははるか下の惑星に向けて傾き、落ちていった。

「ざまあみやがれ！」イーサンが歓声を上げた。

「よくやってくれた、ガーディアン中隊」ヴァンスが答えた。「スリーとフォー、わたしのところにもどってフォーメーションを組め」

イーサンはスコープに目を向け、先ほど離れた二機が弧を描いて自分とジーナの真上の位置にもどってくるのを見た。残っていた三機の敵機が向きを変えて向かってきた。一瞬後、その三機がガーディアン＝1にリッパー弾を放ちはじめた。

ヴァンスがふたたびコムで話しはじめた。声が緊張していた。

「ちょっと助けてもらえるか？」

「いま向かってます」イーサンが返した。「シックス、アフターバーナーに点火しろ」

ジーナがコムをカチリと鳴らして了解を表明し、イーサンは自機のアフターバーナーに点火して敵機を追った。スラスターのうなりが不意に大きくなり、ノヴァ機が震え、揺れるのが感じられた。加速のせいで操縦席に押しつけられたのは、慣性補正システムが九十パーセントに達したからだ。イーサンの胸のなかに、高揚感が突きあげてきた。

自分はこのために生まれてきたのだ。同時に、わきあがってくる力と自由、そしてとてつもない無力さを感じる——フライトスーツという保護層すら身に着けずに宇宙空間に包まれているという恐怖を。彼と宇宙の深淵とを隔てているのは、コックピットの泡のように薄いTP壁と操縦の腕だけだ。ひとたびキャノピーにリッパー弾をたて続けに撃ちこまれれば、戦闘機はぱっくりと割れ、彼は宇宙に放り出されてしまう。ものの数分で血液が沸騰し、肉体は凍ってデュラニウム・シートのようにこわばることだろう。

イーサンは思わず身震いして、にやりと笑った。ぞくぞくするぜ！

コムがガアガアと鳴った。

「無理だ……持ちこたえ……られない……」ヴァンスが言った。

それを聞いて、イーサンはわれに返った。スコープでガーディアン＝１を探し、見つけた。ヴァンスは三機の敵機からリッパー弾の集中砲火を浴びせられ、必死でかわして飛んでいた。

三機のうち、イーサンにいちばん近い敵機の距離が五キロメートルになっていた。

「がんばってください、隊長。もうすぐ着きますから」イーサンがコムにどなり返した。

数秒後、敵機までの距離が五キロから四キロになり、ターゲット捕捉コンピュータからミサイル・ロックを示すビーッ、ビーッ、ビーッという音が聞こえてきた。イーサンはねらいを確実にするためにアフターバーナーのスイッチを切り、コンピュータからはっきりした音が聞こえてくると、二条の霰弾を発射した。霰弾のスラスターのまばゆいオレンジ色の輝きが遠くに消えていくのを見守ったが、ガーディアン＝１が炎に包まれるのを見て息をつめ、唇を嚙んだ。あいつらがきっとやってくれる。絶対やってくれよ。イーサンがそう考えたとき、霰弾はターゲットまであと五百メートルに迫っていた。

それと同時に、ガーディアン＝１は爆発し、怒ったような赤い火の玉と化した。

18

「救援を呼ぼうとしてるんですが、コム中継がダウンしているんです、閣下」

「またか？」

「そうです、閣下」

超越公ドミニクは〈ディファイアント〉の前方の窓から、周囲のあちこちで爆発した戦闘機の、燃える火の玉をにらみつけた——敵のつぎはぎ戦闘機と、帝国のノヴァ機の両方が燃えていた。ドミニクはキャプテンズ・テーブルに歩いていき、ホログラム・ディスプレイを注視した。中央にあるのが〈ディファイアント〉の3D投影で、その周囲につぎはぎ戦闘機どもをあらわす赤い点が雲霞（うんか）のように群がっている。そのなかをノヴァ機の小さな緑色の点がかろやかに飛びまわり、パルス・レーザーの赤いすじや、尾を引くように飛ぶ霰弾（ヘルファイア）ミサイルを発射している。超越公が見守るうちにも、緑色のノヴァ機のひとつが、うしろから三機の敵機の集中砲火を浴びて爆発した。あれはガーディアン＝1だ。ドミニクは顔をしかめて首を振った。ここでは鳥瞰図を見るように上から戦闘のようすを見ることができる。そしてすでに、たった五分で、戦況はいいとは言えなくなっていた。味方のノヴァ機に対し、敵のつぎはぎ戦闘機は六機だった。しかし味方ノヴァ機の半数は、敵戦闘機を無視して突撃し、敵の兵員輸送船に魚雷を撃ちこむようにとの指示を受けている。すなわち、ガーディアン中隊の十二の迎撃機は、それぞれ、つぎはぎ戦闘機の一個中隊――十二機を相手にしているということだ。一対十二。こんな状況で長くもちこたえられるほどの腕のあるノヴァ操縦士はいない。

超越公は敵の兵員輸送船に目を向けた――コルベット艦一隻に、〈ディファイアント〉のすぐ鼻先に浮かんでいるギャラント級の古い輸送船一隻。どちらも完璧にビーム砲の射程内にいるが、砲手たちはまだ下のデッキで、たったひとりの実際に撃った経験のある士官から訓練を受けている最中だ。彼らが砲撃を開始できるまでにはまだ数分かかるだろう。

つぎはぎ戦闘機の一個中隊が〈ディファイアント〉の横で一列に並ぶのを見て、ドミニクのみぞおちにいやな感触が這いこんできた。

「コム係、ガーディアンたちにミサイル防御をするように言え、今すぐにだ！　敵の攻撃が来るぞ、座標9－7－11だ、魚雷をぶちこみにやってくる」

「はい、閣下！」

緊張をはらんだ数分間、敵戦闘機が左舷側にぐんぐん近づいてくるのを、超越公は見守った。ガーディアン中隊がやってきて敵機のミサイル射程内まで迫ったが、まだ何もできないでいるうちに、敵は〈ディファイアント〉の後部にたてつづけに十二個の魚雷を落とした。ガーディアンたちはそれらの弾頭を撃ち落とすにはまだ遠すぎた。

「電磁欺瞞弾（EMフレア）、発射！」ドミニクはどなった。

艦のうしろに閃光弾のきらめく雲が炸裂したが、十二の弾頭のうち五個をとらえただけだった。残り七個はまだ〈ディファイアント〉のスラスター列に向かって進んでくる。

「衝撃に備えろ！」

突然〈ディファイアント〉が爆発で激しく揺れ、後部シールドが赤に変わるのが見えた。ダメージ報告が浮かび上がり、左舷側スラスターがダメージを受け、可動率が五十六パーセントになっていると告げた。敵攻撃機がブリッジの上に突進してきて、デッキにいた全員が反射的に首をすくめた。

「機関士たち、やつらが隊形をととのえて再度攻撃してくる前に、後部シールドをイコライズせよ！」

そう言いながら、敵戦闘機のスラスターの明るいオレンジ色の波が遠くに消えていくのをドミニクは見送った。

「はい、閣下」ドミニクの機関長、ドゥレインという名前の兵曹長が答えた。

巡航艦のパルス・レーザーが敵ミサイルを撃ち落とせなければ、〈ディファイアント〉はただの絶好の標的にすぎない。最後の頼みの綱はシールドだ。戦闘機の防御を抜けてきた敵のレーザーやリッパー弾や標的を見失ったミサイルをシールドは受け止めてくれる――だが、一斉攻撃を受けるとなると、無理だ。

「砲手長ゴルヴァン」ドミニクは砲手長に声をかけた。「砲手たちに言ってくれ、今すぐ砲撃をはじめられなければ、われわれは生きのびることはできないと」

「はい、閣下。急がせます」

ドミニクがキャプテンズ・テーブルから顔を上げると、副司令官が反対側から渋面でにらみつけていた。彼女は甲板長、ローバ・キャルディンというまったく知らない若い女性だったが、それでも生存者のなかではいちばん経験を積んでいる士官だった。ブリッジ乗組員査定では、艦長から給与等級が三級分低いだけだった。ということは、おそらくブリッジでの指揮経験を有しているのは――ドミニク自身をもふくめ――彼女ただひとりだ。ブリッジを見まわしてみて、ドミニクが知っている乗員はひとりしかいなかった――たぶんコム係の下士官、アシュリル・グレイムズ兵曹長だが、それもかろうじて見たことがあるという程度だ。おそらく、ブリッジのそばの士官用ラウンジ〈スター・ドーム〉で一度一緒に飲んだことがあったのだと思う。〈ヴァリアント〉のような乗員五万人を超え、ほとんど自動運転システムで運航している大きな船では、とんでもない広さのせいもあり、個人的に知り合えるのはせいぜいで数百人だ。

不意に、副司令官が言った。

「われわれは大いに不利な状況にあります、閣下」まるでドミニクに思い出させる必要があるとでもいうようだ。「撤退して、他星系からの救援を得てからまたもどってくるほうがいいのではないでしょうか」

ドミニクは首を振った。

「そのころには、〈ヴァリアント〉はやつらに乗っ取られているだろう。乗っ取られた〈ヴァリアント〉を倒すには、ヴェンチャー級巡航艦が何十隻も必要となる。そして、たとえ奪還に成功したとしても、ずたずたの残骸が手に入るだけだ」

「襲来！」重力検知機（グラヴィダー）の担当兵が叫んだ。

ドミニクがキャプテンズ・テーブルに目を落とすと、四機の敵戦闘機がガーディアン中隊との空中戦から離れて、〈ディファイアント〉に至近距離から魚雷を連続発射するのが見えた。艦全体が爆発で激しく揺れ、左舷側シールドが黄色に変わった。敵機のひとつが自身の発射した魚雷の爆発に巻きこまれて分解するのが見てとれた。

ど素人どもめ。ドミニクは考えた。われわれはど素人どもに引き裂かれようとしているのか！　くるりとうしろを向き、コム係の士官に目を向ける。

「ガーディアンたちに、もっとましなことができるはずだと伝えろ！」

アシュリル・グレイムズ兵曹長はなすすべもなく、コム機器から顔を上げた。

「すでに五人の操縦士がやられております、閣下。本艦の上には何十機ものつぎはぎ戦闘機が群がっています。このままの状況では、味方の戦闘機は全滅するほかありません」

「アヴェンジャー中隊は何をやっている？　彼らの任務をまっとうしてはいないのか？」

「彼らは敵戦闘機からパルス・レーザーとスクリーンの猛攻を受けて、魚雷を発射する前に四人の操縦士が失われました。また、その後の一斉攻撃で半数以上が敵戦闘機やAMSによって撃ち落とされました――切り抜けたのは二機のみです。わが軍は敵の兵員輸送船の左舷側にささやかなダメージは与えましたが、そのセクションは瞬時に閉鎖されたので、敵に何人の死傷者が出たのかは不明です」

「アヴェンジャーたちにもう一度、一斉攻撃をかけさせろ！」

「彼らはすでに猛攻撃を受けていて、もう一度攻撃をかけるまで生きのびられるとは思えません、閣下」

ドミニクは顔をしかめた。彼にはこういう指揮経験はほとんどないのに、デッキにいる全員が当然経験豊富なはずだと思っているようだ。一瞬彼は、甲板長キャルディンに指揮をまかせようかと考えたが、実行はしなかった。そんなことをしたら、将来の自分の威厳が損なわれるのは間違いないからだ。

「手遅れです、閣下！」ブリッジの反対側から別の乗員が声をあげた。ドミニクがそちらを向くと、グラヴィダーの担当兵であるゴールドリム衛生兵が首を振っていた。「ごらんください」

衛生兵は前方の窓を指差した。ブロンディのギャラント級輸送船とコルベット艦の両方がすべるように〈ヴァリアント〉の左舷側腹部格納庫にはいろうとしており、格納庫シールドから猛烈な青い波が出ているところだった。格納庫のビーム＆パルス・シールドはすでに弱体化して、敵艦が無理やり通るのをもはや阻むことができなくなっていた。さらにまずいのは、敵がなかにはいってしまうと、格納庫シールドが即座に強化され、帝国軍があとからはいったり、外部から攻撃を仕掛けたりするのを効果的に阻むことができるようになってしまう。帝国軍は敵軍に制圧された自軍の空母から締め出されようとしていた。

「武器係！　砲手たちに命じて格納庫シールドに集中砲火を浴びせて、やつらを仕留めさせろ。格納庫にいるあいだは、やつらは格好の標的だ。このチャンスを逃せば、〈ヴァリアント〉は奪取されるぞ！」

「砲手たちはまだ準備中です、閣下」ゴルヴァンが答える。

ドミニクはぎりぎりと歯嚙みした。

「撃ち損ねようが、空母の横腹にあてようがかまわん、とにかく何かをしろ！」

「はい、閣下！」

ドミニクは、さらに二機のアヴェンジャー機とガーディアン機一機が燃える火の玉となって消えるのを見守った。〈ディファイアント〉のかたわらで、それらは光る虫けらのように小さくちっぽけなものに見えた。

戦況はまったくよくなかった。

その五分前……

「ちくしょう！」ジーナが言った。「隊長を失ったなんて！　くそ！」

「やれるさ、シックス。今はおれが隊長だ。フォーメーションを組め」3が言った。イシカス・アダリの声だ。「われわれの仕事はアヴェンジャー機を敵機から守ることだ、だから敵のつぎはぎ機よりスピードが勝る点を生かしてアヴェンジャー機に追いつき、彼らが単独で攻撃をしなくてすむようにするぞ」

その次の瞬間、コムが雑音を出し、〈ディファイアント〉からの指示を伝えた。

「ガーディアン諸君、対ミサイル支援が必要だ、9－7－11にいる。頼むから答えてくれ」

「ラジャー、司令官」3が答えた。「ガーディアン中隊が向かいます！」

イーサンはスラスターを切り、機を反転させて3のほうに向かい、それからスラスターを再点火した。ちらりとグラヴィダーを見ると、座標9－7－11の敵機は十キロメートル以上離れていることがわかった。

「〈ディファイアント〉まで行くのは、間に合わないぞ、隊長」

「命令は命令だ、ファイヴ」

「言わせてもらいますが、この命令はばかげてる。おれたちはアヴェンジャーを守らなきゃならないし、こんなことをしても何にもならない」

「針路を保て！　われわれはまず〈ディファイアント〉を守る。これは決定事項だ、スキッドマーク」

イーサンは歯嚙みして首を振った。〈ディファイアント〉のところに行けば、守るべきアヴェンジャー中隊からさらに離れすぎてしまう。

射程距離が十キロから四キロになり、イーサンが敵の手近な戦闘機にミサイルをロックオンしたとき、魚雷の揺らめく波が噴出するのが見えた。

「手遅れだ、隊長！」

魚雷を発射してしまうと、敵機はひらりと身をひるがえし、巧妙にミサイル・ロックをかわした。イーサンはなおもロックオンしようとしたが、あのたしかな音は聞こえなかった。〈ディファイアント〉がＥＭフレアを発動し、きらめく雲に包まれ、魚雷の半分近くがそのシールドにぶつかって目のくらむような火の玉になるのが見えた。残りは迂回してその雲を抜け、〈ディファイアント〉のスラスターに向かった。

「くそ！」イーサンが言ったとき、魚雷が爆発した。爆発の雲が晴れたとき、〈ディファイアント〉はまだ生きて巡航していた。が、スラスターのひとつから煙が噴き出し、燃えるかけらが散っていた。

「ちくしょう！」ガーディアン＝7（セヴン）が叫んだ。それがかつて軌道車内でちょっと一緒になったことのあるくせ毛の金髪の操縦士、タズの声だと、イーサンは気づいた。「こんな任務、自殺同然じゃないか！　おれたち全員、死んでしまうぞ」

「まあ、あれが軍用レベルの弾頭だったら、〈ディファイアント〉は今ごろ内気を噴き出してるだろうさ！」イシカスがどなり返した。「〈ディファイアント〉はまだ大丈夫だ。こっちの翼を切り取られるまで、おれたちは飛ぶのをやめないぞ。まだこれをしのげる見こみはある。行くぞ！　おれに続け、ガーディアンども！　おれたちの血はただでは引きさがらんことをこのばかどもに見せてやろうぜ！」

「行くぞ！」中隊の残り全員がコムで唱和した。

イーサンは黙っていた。心のなかでは7に同意していたが、これ以上士気を損ないたくなかったからだ。それで、フォーメーションを組んだまま、アフターバーナーに点火してついていった。

ガーディアン中隊は〈ディファイアント〉を攻撃している敵編隊のうしろから突撃し、敵機の尾部に赤いダイミウム・パルス・レーザーの連発を浴びせた。イーサンはターゲットのまうしろに行き、トリガーを引いた。一条のレーザーが命中し、シールドの青いしぶきをあげさせたが、それから敵機がひらりと線上からそれ、次の六発がはずれた。イーサンは強引に身をかわすターゲット機を照準線のなかにがっちりとらえようとけんめいに動いた。一瞬ロックでき、トリガーを引いた。今度はしっかりと敵の動きを予測して追尾しようとした。パルス・レーザーが最大速度で放たれ、自分の機がエネルギーの急速な放出で細かく震えるのが感じられた。コックピットのスペース・シミュレーターがたてつづけのレーザー発射で甲高い音をあげる。十発中の一発が命中し、敵機のシールドから青いフレアがあがった。イーサンは若いころからのシミュレーター・トレーニングを生かして巧妙にターゲット機を追尾した。数秒後、衝撃を受けたシールドの青いフレアがきれぎれになって虚空に舞い散った。一瞬後、つぎはぎ戦闘機の反応炉をイーサンのレーザーが貫き、ターゲット機はまばゆい爆発を起こした。イーサンはにやりとすると、ゆっくりと弧を描いてターンし、新たなターゲットを探した。闇のなかで、ほかのガーディアン機がターゲットを吹っ飛ばした爆発が、たてつづけに三個起きていた。ガーディアンたちは敵に代償を支払わせていた。

イーサンの頭のまわり一面、ノヴァ迎撃機のコックピットの薄いトランスピラニウム素材のキャノピーのすぐ向こう側に、膨大な数の星がまたたいていた。星々はふれられそうなほど間近にあるように見えたが、その眺めに気を取られるわけにはいかなかった。イーサンは次の手近な敵機をターゲットに決め、十字線の下の赤い夾叉(ブラケット)マークのあいだにはめようとした。レーザーのロックを知らせる小さなカチという音をイーサンの耳がとらえ、直後に十字線が緑に変わるのを目が確認した。トリガーを引き、まばゆく輝く赤いパルス・レーザーをターゲット機に注ぎこんだ。やがて、ヘッド・アップ・ディスプレイ（HUD）のレーザーチャージの目盛り（ゲージ）が赤く点滅しはじめ、レーザー出力がしだいに落ちて、消えた。イーサンがトリガーを放してミサイルに切り替えたとき、ターゲット機が線上から消えた。後部シールドが敵のリッパー弾をはじく音をあげ、イーサンは即座に回避パターンにはいった。一瞬、ターゲット機のことは忘れていた。シールドにリッパー弾があたる音がやんだが、すぐに別の角度から攻撃がはじまった。もう一機のつぎはぎ戦闘機が最初の機と正反対の位置についたのだ。イーサンは首をのばして、敵戦闘機を目視した。その二機は完全に両側から彼をはさみこんでいた——これで攻撃されれば、確実に死ぬことになる。

「ええ、ちょっと助けてもらえるか？　はさみうちにされた！」

「ラジャー、ファイヴ」７が言った。

イーサンは敵機の攻撃をシールドに受けながら、ふんばろうとした。シールドは暗い緑色に、それから黄色になり、ついに赤となった。もはや、シールドが飛射物のエネルギーを完全に散らすことができなくなり、敵の弾は今や機体に直接あたり、跳ね返っていた。

左舷側の敵の攻撃がやみ、続いてガーディアン＝7の声があがった。

「やっつけたぞ！」

これで攻撃してくるのは一機のみとなり、イーサンは右舷側のシールドを強化すると、旋回して敵機のまうしろについた。数秒後、新たにチャージしたパルス・レーザーを無骨なつぎはぎ戦闘機の双胴に注ぎこんだ。右舷側の制御ジェットがすでに暗く点滅していたつぎはぎ機はイーサンのレーザーを避けることができず、火だるまとなった。レーザーのひとつが反応炉を貫き、敵機は突然爆発して、ふたつの胴体が燃えながら正反対の方向にはじけ飛んだ。

「助けて！」ジーナが叫んだ。

ガーディアン＝3の声がはいった。

「たった今、敵が四機、編隊から離れた！　整列して〈ディファイアント〉に次の攻撃を仕掛けようとしている！　その前にやつらを――」

通信（コム）が雑音に包まれた。

「隊長？」イーサンは即座にスコープを見た。

一秒後、イシカスの声がもどってきた。

「おれは大丈夫だ。ウイングに破片があたっただけだ。たいしたダメージじゃない。敵の四機は至近距離から魚雷を一斉発射した。くそったれめ」

その次の瞬間、司令回線から声が出た。

「ガーディアン諸君、もうちょっとましな援護が必要だ！」

「われわれにできる最善を尽くしてるんです、司令官」3が言い返した。「われわれは五機になり、敵は少なくとも二個中隊がいるんです。そちらの砲手は何をしてるんです？」

「砲列はもうすぐ使えるようになる」

こっちには一刻の猶予もないぞ。イーサンは心のなかでつぶやいた。

「シックス、どこにいる？」

さっきジーナが助けを求めていたことを思い出し、訊いた。ちょっとのあいだスコープでジーナを探したが、見つからない。心臓が冷たいこぶしにつかまれたような気がした。たが、そのときグリッド上にジーナを見つけた。グリッドをつっきって〈ヴァリアント〉に逃げこもうとしている。敵の戦闘機が二機、ジーナを追いかけ、ジーナの機の後部にリッパー弾の金色のすじを浴びせていた。その二機はつぎはぎ機にしては動きが速く、ジーナは振り払うのに苦労していた。

「さっきあんたに置いてかれたところにいるわよ、このとんま！　わたしの編隊僚機（ウイングメイト）が生きてどこかをうろうろしてるとは思ってなかったわ」

　イーサンは顔をしかめた。チーム戦にはまだ慣れていない。

「すまない、いま向かってるところだ」

　向きを変え、最後のアフターバーナーに点火して敵の戦闘機に追いつこうとした。射程距離内にはいると、霰弾（ヘイルファイア）ミサイルに切り替え、すばやく敵機の尾部に向けて発射した。一秒後、間違いに気づいた――敵機とジーナのノヴァ機の距離が近すぎる。

「ジーナ、離れろ！　今、おまえを追ってるやつらに霰弾を撃ったところだ！」

「くそったれ！　わたしのアフターバーナーは壊れてるのよ！　わたしにどうしろって言うのよ？」

　イーサンはすばやく考えをめぐらせた。ほぼ同じに、霰弾の一次加速の青い尾が消えた。敵機は災厄に気づき、ジーナから離れて逃げようとしたが、それでもまだジーナとの距離は近かった。

「逆噴射しろ！」イーサンは言った。

「そんなことをしたらわたしがロックオンされちゃう！」

　くそ、とイーサンは考えた。

「踏ん張れ！」

親指をパルス・レーザーのほうにすべらせ、霰弾にねらいを定めた。それが爆発して四つの小さい弾頭になる前に破壊したかった。だがこの射程範囲では、コンピュータがミサイルにロックオンするのを拒否した。イーサンは必死になってはるか先のターゲット・ブラケットめがけてレーザーを放った。何も起こらなかった。一瞬後、霰弾が爆発し、四つの方向に分かれた。イーサンは刺すような恐怖を感じた。流れる汗が左目にはいったのを手の甲でぬぐい、目をしばたたいて視界をはっきりさせた。四つの小さな弾頭がぱっと明るく燃え、敵機に向けて加速しはじめた。

「近すぎる！」ジーナの声が震えているのが聞きとれた。

「一秒くれ！」そう言って、ジーナにいちばん近いところで弧を描いている弾頭を撃った。

まぐれあたりで命中し、それが起こした爆発でいちばん近くにいた敵機が引き裂かれ、スラスター・ポッドから炎と破片が噴き出した。ジーナの機が衝撃で激しく揺れた。それから、ほかの三個の弾頭がそれぞれターゲットを見つけ、残る二機の敵機は爆発し、目のくらむような火の玉と化した。イーサンの耳にジーナの叫びが聞こえ、彼女のコムが雑音で聞こえなくなった。

「ジーナ！」

ザーザーという雑音に、イーサンの背すじに恐ろしい寒気が走った。

くそ！　心臓をどきどきさせながら、イーサンは照準をチェックした。爆発に近かったせいで、何も見えなくなっていた。イーサンは破片が機体にあたる音を無視して、大きくなっていく火の玉のあいだを縫って飛んだ。前部シールドがすぐに赤になり、それがジーナにとって何を意味するかと考えると恐ろしかった。

「ジーナ！」もう一度呼んでみた。

そのとき、彼女の機が見えた。三つのエンジンのひとつはまだ輝いていたが、残りふたつは点滅していた。右舷側のスタビライザー・フィンは吹っ飛ばされ、コックピット・キャノピーには、いくすじものひびがはいっているのが見てとれた。

「ジーナ、頼むから返事してくれ！」

一秒後、彼女の声がもどってきた。だがその声は弱々しかった。

「なんとか生きてるわ。キャノピーに一発くらったの。わたしのスーツからエアが漏れてる」

「くそ、けがはひどいのか？」

「出血はたいしたことないけど、息をすると死ぬほど痛いわ。肋骨が何本か折れてるかも」

「〈ディファイアント〉にもどれ。おれが援護する」

「無理よ、スラスターが半分しかないもの……敵機が多すぎるわ」

イーサンは歯嚙みした。

「こんちくしょう！　ただあきらめて死ぬつもりか？」

返事はなかった。

前方から空母〈ヴァリアント〉の巨体がどんどん大きくなってくるのを、イーサンは見つめた。巡航艦〈ディファイアント〉が〈ヴァリアント〉の右舷側格納庫に向かいながら、ビーム砲を撃ちはじめるのが目のすみに映った。八条の青いダイミウム・ビームが放たれ、格納庫のシールドが波のように揺れた。

数秒後、ノヴァ戦闘機が数機、空母の発進チューブから飛び出すのが見えた。

「あれはわたしたちのノヴァ機が〈ヴァリアント〉から出てきたの？」ジーナが訊いた。

イーサンは首を振った。

「空母には誰も残ってなかったはずだ。歩哨ロボ（センティネル）以外は全員、おれたちと一緒に出てきたんだから」

「それじゃ、あれは敵のノヴァ機なのね。ちくしょう！」

イーサンはそれには返事をしなかった。今ごろはブロンディが空母の腹部格納庫にはさまれたコンコースで、六体のセンティネルを制圧し、空母を乗っ取っているはずだ――かなりの数のノヴァ攻撃機と迎撃機もふくめて。ジーナは正しかった。おれたちは〈ディファイアント〉にもどることはないだろう。

誰ひとりとして。

19

アレック・″超頭いい″・ブロンディは、コルベット艦のブリッジから、自軍の兵士たちが巨大空母〈ヴァリアント〉の格納庫で、数十という自軍の小さく、力の弱いメカを使って星系間帝国艦隊（ISSF）のメカを制圧するようすを見守っていた。ブロンディのメカ軍団が格納庫になだれこみ、肩に装着したロケット・ランチャーを撃ちまくり、そのあいだコルベット艦と輸送船の砲塔が援護射撃を放った。ものの五分で、ＩＳＳＦのあわれな六体の防衛メカは全滅した——だが、それが終わるとコンコースには溶けた粉砕瓦礫の山が残されていた。

敵軍が蒸気をあげる鉱滓（スラグ）にすぎなくなると、ブロンディは即座に格納庫内のずたずたになったコンコースを確保するよう兵士たちに命じ、乗艦させていた十人ほどの操縦士たちに、ノヴァ機を奪取して、無駄な抵抗を続けている帝国艦隊のあわれな残存部隊を撃破する手助けをせよと命じた。これまでずっとブロンディたちを悩ませてきた巡航艦には、もはや武器システムを操作する乗員すらいないのは、ほぼ確実だった。

だがブロンディがそう考えたと同時に、ブリッジの乗員のひとりが叫んだ。

「〈ディファイアント〉が格納庫シールドを攻撃しようとしています！ ブルー・ダイミウム・ビームで。いま攻撃されると、あのシールドはたいしてもちはしません！」

ブロンディは顔をしかめた。

「こちらの戦闘機を新たなターゲットに向かわせろ。ノヴァ機の相手はやめて〈ディファイアント〉をずたずたにするように言え。残っている弾頭を全部ぶちこませろ」

「はい、ボス」

ブロンディはにんまりして、ブリッジの窓からキャプテンズ・テーブルにもどった。コマンド・ヴューを回転させて、巡航艦〈ディファイアント〉が、この空母の格納庫にもたもたした攻撃を仕掛けてくるのを眺めた。攻撃を支援するノヴァ機は今や十機になっていた――十四機を仕留めたのだ――だが、ブロンディ軍は二個中隊を失っただけだった。大勝利といってよい比率だ。ブロンディの戦闘機の数は、今や敵の十倍以上になっていた。しかも、まもなく〈ヴァリアント〉から盗んだノヴァ機が加わってさらに増強されるのだ。ブロンディは口を大きく開けて笑った。

「すると、超越していると感じるってのは、まさにこういう気分なんだな！ 潔く道をあけてくれてありがとうよ、ドミニク。さて、そろそろ新しい船の指揮を執りにいくころあいかな」ブロンディはブリッジ乗員のほうを向いた。「さて、行くとするか？」

「効果があがってます」砲手長が言った。「格納庫シールドはあと一分ほどで落ちるでしょう」

超越君主ドミニクは窓から、空母〈ヴァリアント〉の左舷側格納庫のシールドが、〈ディファイアント〉のビーム砲からの連続攻撃を受けてまばゆい青色に輝いているのを見つめた。彼の埋めこみ式司令チップ（インプラント）が、この距離からでは〈ヴァリアント〉をコントロールできないのは、返すがえすも残念だった。〈ヴァリアント〉のシステムを遠隔操作できれば、あのシールドを下げさせることができるのだが。

ドミニクは顔をしかめ、窓に背を向けると、キャプテンズ・テーブルのホログラム俯瞰図で戦況を見つめた。副司令官のローバ・キャルディン甲板長がかたわらに立ち、首を振った。

「こちらの戦闘機は十機にまで減りました。いま呼び戻さないと全滅します」

ドミニクは歯を食いしばった。

「あと一分待ってくれ。もう少しでシールドが落ちる」

キャルディンは、ドミニクが誰からも向けられたことのない冷酷な非難の視線を、彼に向けた。そんなふうに彼を見る者は誰もいなかった。

「閣下、敵軍のほとんどはすでに〈ヴァリアント〉に乗艦しています。あのシールドを落として向こうの輸送船を破壊しようが、破壊しまいが、ここにいるわれわれにできることはもう何もありません」

ドミニクはうつろな目で見上げた。

「何かできるはずだ！」

キャルディンは首を振った。

「撤退しなければ、われわれは全滅します」

「あっ！」

ドミニクはグラヴィダーの担当兵であるゴールドリム衛生兵の声に気づき、そちらを向いた。

ゴールドリムは持ち場でものすごい勢いで操作していた。

「〈ヴァリアント〉から敵のノヴァ機が発進しました！」

これでドミニクの心が決まった。彼はちらりとキャプテンズ・テーブルを見やると、重いため息をついた。

「操舵手、船の向きを変えろ。〈暗黒星域〉ゲートの近くに向かうが、まっすぐには向かうな。敵にこちらの目的を推察されたくない。ぎりぎりのところまで近づいてからゲートに向かう」

「はい、閣下」操舵手のダメン・コル兵曹が答えた。

甲板長は目を丸くしてドミニクを見つめた。

「閣下、〈ディファイアント〉には隠蔽装置は搭載していません。もしサイジアンに遭遇したら――」

「そのときは死ぬだけだ。ここにとどまって、もっと遠いチョーリス・ゲートに向かったとしても結果は同じだ」

「〈暗黒星域〉の奥に向かって、やみくもにジャンプしてみるという手もありますが」

「われわれとチョーリス星系とのあいだにファイアーベルト星雲をはさんでか？」ドミニクは首を振った。「それが自殺行為だということは、きみもよくわかっているだろう。だからこそ、あの星雲を通るルートにはSLS安全ブイが配備されてるんだ」

キャルディンは顔をそむけ、うなずいた。

「はい、閣下」

ドミニクはキャプテンズ・テーブル上のホログラムで、自分の艦が回転するのを見守った。〈ヴァリアント〉の格納庫に砲撃できる角度をはずれ、砲撃は中止された。

「砲手長ゴルヴァン、砲手たちに、ミサイルと戦闘機を撃墜することに集中して、撤退を援護しろと告げてくれ」

「はい、閣下」

「操舵手、アフターバーナーに点火して全速前進しろ」

「はい、閣下」

「機関長、シールドとエンジンにもっとパワーをまわせ！　コムやセンサー、武器、それから艦内の必須でない機能からパワーをまわせ、だがパルス・レーザーはミサイルを撃墜できるだけのパワーを残せ」

機関長が命令に従い、艦内システムを低パワーモードにしたため、ブリッジの発光パネルが不意に暗くなった。

「コム係、戦闘機にゲートまでわれわれを援護して、それから急いで着艦しろと伝えろ」

コム係がうなずいた。

「その選択は正しいと思います、閣下」キャルディンが言った。

「ふむ」ドミニクは顎をなでた。「それならどうして、間違った選択のような気がするんだろうな？」

「閣下は母艦を見捨てたんです。いい気持ちがするはずがありません」

「ゲートへの到着予定時刻、十八分後です」操舵手が報告した。

「よし」ドミニクは答えた。「うまくいくことを祈ろう」

その言葉が合図になったかのように、艦全体に低い不吉な音が轟きわたった。敵の魚雷のひとつが〈ディファイアント〉のパルス・レーザーをかいくぐって、右舷の補助スラスターに命中したのだ。

ぎりぎりの勝負になりそうだな。超越公は考えた。

「ジーナ、選択の余地はないんだ！　おれはきみと一緒に着艦するつもりだ、だがそれは、今やらなきゃ二度とできない」

「くそ、アダン。こんなの、あんたが考えついたなかで最悪のやつじゃないの」

「戦闘機が二機一緒に着艦するなんて、やつらは予想もしていないはずだ。そんなのは自殺行為だからな。だがこっちが迅速に動けば、やつらが右舷側格納庫のシールドを上げる前に、はいりこめるかもしれないんだ」

超越公は〈ディファイアント〉を発艦させるために、〈ヴァリアント〉の右舷側格納庫のシールドを下ろした。そして、イーサンの見るかぎりでは、そのシールドはまだ下りたままだった。現時点で、シールドの下りている格納庫があって、先遣部隊を自由に離発着させられることにブロンディがまだ気づいていないのは、ごくささやかな幸運というべきだが、今はその見落としが、イーサンとジーナにとって大いに役に立ちそうだった。

ふたりは巨大空母の艦底のすぐ下で、あえて艦底に張りつくように飛ぶことで、敵戦闘機のスコープに見つからないようにしていた。これまでのところどうにか生きのびていたが、イーサンはスロットルの出力を五十一パーセントまで落として、スラスターがひどいダメージを負っているジーナのノヴァ機に合わせて飛んでいた。そのスピードでは、まさにじっとしているアヒルのようなもので、簡単にターゲットにされるだろう。

空母の向こう側に上がっていきながら、待ちかまえている敵のまる一個中隊のなかに飛びこむことになるのではないかといういやな予感を、イーサンは抱いていた。

そのいやな予感を抱きつつ、スコープを見守ったが、敵の気配はなかった。

イーサンはジーナにコムで告げた。

「用意はいいか？　おれの合図でぐるっとまわりこんで格納庫に飛びこむぞ。制動スラスターに親指をかけて準備しておけ。猛スピードで行くぞ」

イーサンの耳にジーナのため息が聞こえた。

「いつでも行けるわよ、スキッドマーク」

イーサンは空母からちょっと距離ができるまでさらに数秒待って、それから声をあげた。

「行くぞ！」

ふたりはまったく同時に操縦桿を引き、半弧を描いて上下さかさまになった形でまっすぐ格納庫を目指した。ちょっと遅まきながら、シールドが上げられていないかどうか確認しなかったことに、イーサンは気づいた。もしシールドが上がっていれば、迎撃機は格納庫にはいるどころかシールドにあたって爆発するだろう。

イーサンは歯を食いしばり、制動スラスターを引いてスローダウンした。一瞬後、彼とジーナはスタティック・シールドに向かい――

そのまま通過した。〈ヴァリアント〉の重力ガンが二機のコントロールを引き受け、からっぽのヴェンチャー級格納庫の側面に沿った細長いストリップに向けて送りはじめたとき、イーサンは大きく安堵の息を吐き出した。

イーサンはノヴァ機のスラスターのスイッチを切り、空母の自動操縦機能が彼の機をデッキに連れていくのを待った。着陸支柱を出し、自分とジーナの迎撃機がさらに減速して、くるりと反転し、徐々にデッキのほうに下げられていくのを見守る。やがてふたつの機は同時にどすんと着艦した。

イーサンがキャノピーのロックを解くのとほぼ同時に、空母の磁気クランプが彼の機の着陸支柱をつかんだ。イーサンは腰の銃に手をかけたが、これまでのところ、ブロンディの軍隊が押し入ってくる気配はなかった。どうやら、自分たちの背後を守ろうなどとは考えてもいないようだ。宇宙空間での戦闘がここまで圧倒的にブロンディの優位に進んでいなかったら、これは大きな見落としになったことだろう。だが〈ディファイアント〉が空母にふたたび着艦して、ブロンディと船の覇権を争うまで生きのびることはないだろう。

イーサンがノヴァ機から飛び下りるとほぼ同時に、ジーナの機の破損したコックピット・キャノピーが上がった。イーサンが彼女の機のかたわらに駆け寄ったとき、ジーナはゆっくりとコックピットから立ちあがった。いったん立ちあがると、ジーナの視線は格納庫の出入り口に向けられた。そこに敵がいないのを見て満足すると、彼女はイーサンに目を向けた。ジーナの顔が死んだように青白いことにイーサンは気づいた。彼女は手を黒いフライトスーツのわきにあてており、手袋をはめた指のあいだからゆっくりと血が滴り落ちていた。幸い、イーサンとはちがい、ジーナはコックピットに乗りこむ前にちゃんとフライトスーツを着ていた——そうでなければ、傷を負うだけではすまずに死んでいただろう。

「うわ、くそ、ジーナ。すまない」イーサンのひたいに深くしわが寄った。

「ええ、ええ、埋め合わせにあとで一杯おごってもらうわ。下りるのを手伝ってよ、いい？」

ジーナは弱々しい笑みを浮かべてみせ、それからコックピットの縁をまたぎ、ゆっくりと身体を下げて迎撃機の翼の上に腰を下ろすと、両足を下に垂らした。

イーサンは迎撃機のわきに身体を寄せ、自分の首に彼女の両腕をかけさせた。

「気をつけて」

迎撃機の翼から彼女を抱きおろそうとするイーサンにジーナは注意をしたが、その動きで折れた肋骨を強く押され、小さな悲鳴が出た。イーサンは急いで彼女を床に下ろした。

「ちくしょう……」

ジーナはひと息つき、立ったまま身体を揺すった。彼女のヘルメット・バイザーごしに、痛みのためにひどく汗をかいていたが、それでも格納庫の入り口に警戒の目を向けつづけているのがイーサンには見てとれた。

「今の声を誰かに聞かれたと思う？」ジーナが訊いた。

今度はイーサンもそちらに顔を向けた。腰の武器に左手をかけて、格納庫からその向こうのコンコースに通じるいくつかの壊れた穴にすばやく目を走らせてのぞく。だが、誰も格納庫に駆けこんではこなかった。イーサンは首を振った。

「聞かれずにすんだようだな」

自分たちがいるのとは反対側の格納庫の、少しだけ見えている部分を顎で指す。壊れて破片が散らばっているコンコースが見えていた。

「だが、急いだほうがよさそうだ」

「そうね」

イーサンはダッシュで駆け出したが、ジーナの姿がとなりにないことに気づいて足を止めた。振り返ると、彼女は折れた肋骨のあたりを押さえ、よろよろと歩いていた。彼女が大きな声で何かぶつぶつ言っているのが、ヘルメット越しでも聞こえた。イーサンは首を振って、彼女のわきに走ってもどった。

「おれがかついでやるよ」

ジーナは鋭い目できっとにらみつけた。

「大丈夫よ。だいたい、あんたもわたしも、片手を空けておかなきゃならないでしょ、いつでも撃てるように」

そう言って、彼女は銃を抜いた。

イーサンはしぶしぶながらうなずいた。「わかった」

ふたりは、格納庫とコンコースを隔てているトランスピラニウム（TP）壁が溶けてあいた穴に向かい、一分後にはいろんな破片とまだ煙があがっている歩哨（センティネル）ロボの残骸をまたいで歩いていた。コンコースでは黒い煙が極薄のベールのように揺れ動き、つんとする悪臭がたちこめていた。巨大なコロッサス・アサルト兵装は、センティネルたちが防御のためにどうにか見つけ出したものだったが、今は壊れて焼け焦げたデュラニウムの山になってころがり、ところどころに小さくたまった反応炉燃料が炎をあげて燃えていた。ほかに、焦げた肉のようなかけらがいくつか落ちていたが、イーサンはその正体を知りたいと思わなかった。

ふたりは奇跡的に、まったく敵と遭遇せずに反対側のヴェンチャー級格納庫にたどりついたが、奇跡はそこで終わった。格納庫の溶けたTP壁の残骸の向こう側に、敵の見張りが三人かたまって立っており、イーサンとジーナはまっすぐそれにぶつかる形になった。

見張りたちはすっかりくつろいでおしゃべりをしていた。周囲にはまったく注意を払っていない。周辺視野はがばがばとかさばる防護スーツで遮られており、三人とも異常に気づいていなかった。そこでイーサンとジーナは静かにプラズマ銃をかまえ、ねらいをさだめて、赤熱のプラズマ光線をすばやく六連射した。ふたりは背中に煙をあげる穴をあけ、即座に倒れた。だが三人目には連射があたらず、男はすばやく身構えて片膝をつき、リッパー・ライフルを振り向けた。

イーサンは焼け焦げた破砕物の山のうしろに飛びこみ、男のライフルから轟音をあげて出た弾をかろうじてよけることができた。

ジーナはほんの一瞬でねらいをつけなおし、もう一度プラズマ銃を発射した。その光線が男の眉間に命中し、男の防護スーツが爆発して、破れたTP材と気化する血のきらめく赤い雲を噴き上げた。男がデッキに倒れたときに防護物と武器ががちゃんと鳴り、それから格納庫はふたたび静まり返った。

だが一秒後、倒れた見張りのひとりのヘルメットからくぐもった声が流れてくるのが聞こえた。

「そっちで何が起きてるんだ、66? 発砲音が聞こえたぞ! 66? 応答せよ、66!」

「行きましょ!」

ジーナがくるりと向きを変え、待ち受けているコルベット艦と兵員輸送船のほうによろよろと歩きはじめた。

イーサンは破砕物のうしろから飛び出して彼女を追いかけた。即座に目が吸い寄せられた——ブロンディのコルベット艦と、ひとまわり大きなギャラント級兵員輸送船の船首からすでにふたりのほうに向けられている、五基か六基の奇妙にぎらつくリッパー砲塔に。

「たった今、あの砲塔を操作している人間がいないことを願うよ……」

「わたしもよ、スキッドマーク」

だが砲塔はむっつりと沈黙を守り、何十もの焼け焦げた死体と壊れたセンティネルたちが散乱している格納デッキをふたりがつっきるのを、無言の怒りをこめてにらみつけていた。センティネルたちが果敢に抵抗したのは明白だった。

「コルベット艦にする、それとも兵員輸送船？」ジーナが訊いた。

「大型の兵員輸送船と、まあ中くらいのサイズのコルベット艦のどちらに兵員を残している可能性が高いと思う？」

「たしかに」ジーナは認めた。

それだけでなく、イーサンには返すべき借りがあった。ブロンディは彼の船を盗んだのだ。だから今度は、彼がブロンディの船を盗んでやる。コルベット艦からすでにのぼされている斜路を駆けあがっていくあいだも、ふたりは周囲に目を配り、武器を構えていた。だが、むきだしのデッキを駆け抜けていたときに攻撃されなかったのだから、誰も乗艦していないと考えるのが妥当だろうと思えた。

コルベット艦の贅沢な内装の通路をふたりは走り抜け、まっすぐブリッジにはいった。なかにはいると、イーサンはすぐさまドアの制御パネルのスイッチを入れた。ブリッジのドアがバンという音を響かせて閉じ、ロックするにはどうすればいいかとイーサンが考えているあいだに、ジーナはよろめきながら操舵装置に向かった。イーサンはドアをロックするのをあきらめ、制御パネルをプラズマ銃で撃って破壊した。

ジーナが操舵装置からくるりとイーサンのほうを向き、銃を彼に向けた。

「まったくもう、イーサン」あえぎながら立ちあがり、イーサンに向かって怒った。「もう少しで撃つとこだったわよ！」

イーサンは肩をすくめた。

「まあ、これでおあいこだろう」

「どうしてそんなことをしたの？」

「万が一、誰かが乗艦していたときのためさ。艦内を確認する時間がなかったから」

「わたしたちが生きのびてここから出る方策を見つけなきゃ」ジーナが言った。「すわってわたしがこいつを操縦するのを手伝ってよ。あんたには武器システムの操作を頼むわ」

イーサンは武器操作コンソールに走っていき、腰を下ろした。一瞬後、砲塔に自動操作機能がないことが判明した。

「ここから砲塔の操作はできないぞ。できるのは魚雷と前方に向いているゴールド・ダイミウム・ビーム砲二基だけだ」

「後方に行って砲塔に飛び乗れって頼むには遅すぎるようね」

ジーナはそう言うと、煙をあげているドアの制御パネルに苦笑いめいた視線を向けた。

「言うだけなら言っていいぜ」

「まあ、この船にまともな防御手段がついてることを祈ったほうがいいわね。これが味方じゃないって敵戦闘機に気づかれたら、即座にスラスターめがけて魚雷をたっぷりぶちこまれるわよ」

「ああ……そうだな」

イーサンの顔が険しくなり、視線が前方に横たわる壊れたコンコースに向けられた。脱出するには天井が低すぎ、開口部が狭すぎる。

「もうひとつ問題があることに気づいてるか？」

コルベット艦の反応炉を始動させる作業に集中しているジーナは、あまりイーサンに注意を払っていなかった。

「なんのこと?」

「シールドが下りているのは〈ヴァリアント〉の右舷側格納庫だけで、おれたちが今いる左舷側はそうじゃない。どうやってここから出るつもりだ?」

ジーナは制御パネルから顔を上げ、自分たちとシールドの下りた格納庫とのあいだにのびる細長いコンコースを見やると、顔をしかめた。

そのとき、ブロンディの兵隊が大挙して格納庫になだれこんできた。

「うわ、やばッ!」ジーナが言った。

20

ジーナは首を振った。

「出口は爆破すりゃいいのよ！　魚雷の用意をして、格納庫の右舷側をねらってちょうだい——シールドのないほうよ」

イーサンはうなずいた。顔がむっつりと引き締まっていた。こんな至近距離から魚雷を発射して、コルベット艦のシールドが持ちこたえるかどうかは大いに疑問だったが、やるしかなかった。コルベット艦は重力（グラヴ）リフトで速やかに持ちあげられ、前方の窓から見える眺めがぐるりとまわって、押し寄せてくるブロンディの兵隊の大群——今はリッパー・ライフルやプラズマ銃を無駄にこちらに向けて撃ちまくっている——からそれ、左舷側格納庫の向こうの靄がかかったような青い宇宙空間に臨んでいた。ジーナはコルベット艦の鼻先を格納庫の開口部に向け、イーサンは制御パネルに向かい、手動でターゲット設定を打ちこんだ。

「こんなの自殺行為だぞ、ジーナ！」

「アダン、とにかくそのくそ魚雷を撃ちなさいよ！」

リッパー弾がコルベット艦にあたって立てる音のせいで、イーサンにはジーナが言っていることがほとんど聞き取れなかった。一瞬後、彼は武器制御パネルをたたき、二発の魚雷が短い金色の尾を引いて格納庫の壁につっこんで、巨大なふたつの爆発を起こした。最初の閃光でふたりの目がくらみ、続いて格納庫全体が炎の嵐と化した。衝撃波が襲い、炎がコルベット艦のトランスピラニウム窓をなめ、艦は横すべりしてギャラント級輸送船にぶつかった。その衝撃でイーサンは周囲の世界が傾いたように感じたが、両足はコルベット艦の人工重力と慣性補正システムのせいで奇妙にその場に張りついていた。それから突然、衝撃波が来た方向に揺り戻し、焼け焦げた死体がばらばらと雨のように降ってきた——ブロンディの手下たちだった。彼らは爆発で瞬時に焼かれ、今、その焼け焦げた死体は宇宙空間で凍りつこうとしていた。

今やイーサンは、空母のデュラニウム製の艦体にあいた穴の、まだ輝いているぎざぎざの縁に囲まれた宇宙空間を凝視していた。穴の向こうに漂っている破片やほとんど原形をとどめていない、無数の死体が見えた——だがその向こうは、何もない開けた宇宙だった。格納庫のもともとの開口部では、シールドの青い輝きが消えていた。さっきの爆発でシールドは吹っ飛ばされたのだ。

イーサンは安堵の息をつきたい思いに駆られたが、そのとき、背後のブリッジのドアを誰かがたたく音が聞こえた。ふたりはさっとそちらを向いた。声がした。

「開けろ！　今すぐ降伏しろ、さもないとドアを爆破しておまえたちを宇宙に放り出すぞ！」

「くそ！」イーサンが言った。「誰かが乗艦してたんだ」

ジーナが首を振った。

「はったりよ。向こうがドアを爆破したら、わたしたちと一緒に宇宙に吸いだされちゃうもの」

ジーナは制御パネルに向きなおり、スロットルを開いた。突然、船の推進機関が耳を聾する大きさで唸りはじめ、足の下のデッキを震動させた。コルベット艦は格納庫から宇宙に飛び出した。

「やつらがそれほど賢くないとしたらどうする？」イーサンが訊いた。

ジーナは肩をすくめた。「そのときはこっちも御陀仏よ」

「〈ディファイアント〉のシールドは二十四パーセントで持ちこたえています。ですがあのノヴァ機どもがやってきたら、とうていもたないでしょう」

ドゥレイン兵曹長が機関制御ステーションから言った。

超越公ドミニクは暗い視線を彼に投げた。

「それなら、シールドにもっとパワーをまわしてくれ！」

この時点までに、敵のつぎはぎ機はミサイルと魚雷をすべて撃ち尽くしており、今はブヨのようにうるさくあたりを飛びまわって、ほとんどむだと知りつつリッパー砲で〈ディファイアント〉のシールドを撃っていた。だがそれ以上に心配なのは、敵に乗っ取られた十数機のノヴァ機が百八十六KAPSという猛スピードで追ってきていることだった。〈ディファイアント〉は全速でも百二KAPSしか出せないので、ゲートにたどり着く前にあのノヴァ機どもに追いつかれてしまいそうだった。ドミニクは顔をしかめた。ノヴァ戦闘機には超高速魚雷と霰弾ミサイルが搭載されている。現在の〈ディファイアント〉のシールドの状態からすると、魚雷を一発食らうか、ミサイルを数発受ければ、一巻の終わりだった。逃げ切れる望みはほとんどなさそうだった。

「われわれの戦闘機はどこで援護しているんだ？」

ドミニクはキャプテンズ・テーブルに目を向け、たったいま自分がした質問の答えを探した。〈ディファイアント〉にもともといた二十四機のうち、生きのびているノヴァ機は八機だけで、撤退の援護をしていた。追ってくるつぎはぎ戦闘機どもを寄せつけないように、なかなかいい働きをしていたが、あと数分で敵のノヴァ機の射程距離内にはいる。そうなったら、すぐに制圧されてしまうだろう。

「われわれのすぐうしろです、閣下」グラヴィダー担当兵が答えた。

「砲手たちはミサイル・チューブに配備する人員を見つけたのか?」

砲手長のゴルヴァンが武器制御パネルから顔を上げ、首を振った。

「すべての武器に配備するだけの人員はいませんでした。ですから近接防御とビーム砲を優先したんです」

「それならビーム砲の人員をはずして、ミサイル・チューブの使い方を急いで講習しろ」

「はい、閣下」

その次の瞬間、超越公ドミニクはキャプテンズ・テーブルの青いグリッド上で何か奇妙なことが起きているのに気づいた。〈ヴァリアント〉の横腹が爆発で飛ばされ、何百という死体がゆっくりと宙返りしながら宇宙に吸い出され、それに続いてコルベット艦が飛び出てきた。それはものすごいスピードで加速していた。

「あの船を見ろ!」ドミニクは言った。「あのなかに誰がいるのか知りたいものだ。それが敵なのか、味方なのか、をな」

イーサンのすぐ前の制御ステーションのコム・ボードから音が聞こえ、ジーナが鋭く、出てと言った。イーサンは急いでコムの前に行った。ブリッジのドアをたたく音はどんどん大きくなっていた。まるで、打ちこわし用の棒を見つけてきてドアをぶったたいているような音だった。

イーサンが受信ボタンを押すと、超越公ドミニクの声がブリッジ内のスピーカーから大きく響きわたった。

「こちらは〈ディファイアント〉、そちらの名乗りをあげよ。さもないと発砲を開始する。味方ならば、そちらの最新の帝国IDコードとホログラム情報を送れ。今から十秒待つ」

イーサンは言われたコードを告げようと口を開けたが、そのとたん、それを知らないことに気づいた。彼は首を振り、ジーナのほうを向いた。

「コードを教えてくれ！」

「それぐらい知ってるでしょ、アダン！」

「知ってたら訊きやしない！」イーサンはどなり返した。「あの騒ぎの前におれは血行停止療法チューブに入れられてて、それ以来、記憶があやふやなんだ」

「57‐E7‐43‐QR‐2S‐QD」ジーナが早口でまくしたて、イーサンはいわれたことを忘れないうちに、どうにかコムに打ちこんだ。

「ホロ情報を送ります、〈ディファイアント〉」

イーサンはコムに向かって言いながら、ホログラム情報を送った。一瞬後、コルベット艦のななめになった上部窓から、〈ディファイアント〉のブリッジの3Dホロ映像が飛び出てきた。実物より大きい超越公が厳しい顔でイーサンを見下ろしていた。白く太い眉がぐっと中央に寄せられ、唇が深刻そうにへの字に曲がっている。

「アダン？　きみなのか？」

「はい、閣下」イーサンは言った。「どうにかまだ生きてます」

超越公は目に見えてほっとしたようだった。一瞬イーサンは、この老人が泣き出すのではないかと不安になったが、超越公の青い目は湿り気を帯びただけで、そこで止まった。

「われわれの抱えているちょっとした問題を解決するのを助けてもらえないだろうか？　われわれのうしろに敵のノヴァ機の中隊がいて、あと数分で魚雷の射程範囲内にはいりそうなんだが」

「何かできるか見てみます。約束はできません。こっちの武器システムはブリッジからのコントロールが限られているんです。それに乗艦している敵がいるので、砲塔まで行けません」

イーサンは肩越しに親指を立て、背後のドアから絶え間なく聞こえてくるどすんどすんという音のほうに向けた。

「わかった、最善を尽くしてくれ――それからもうひとつ。もしきみが成功したら、われわれは〈暗黒星域〉ゲートを使って向こう側に撤退する。ブロンディの追跡を阻むために、宇宙機雷(デトロール)をうしろに落としていくことになる。だからきみは迅速にわれわれに追いつかなければならない」

「了解しました。今のところ、こっちはいっさい注目されていないようなので、スラスターにもうちょっとエネルギーを注ぎこめそうです」

超越公はうなずいた。

「よし。こっちはきみを待っている余裕はないんだ。間に合わなければ、きみはやみくもにジャンプしなければならなくなるぞ」

イーサンは顔をしかめた。「わかりました、閣下」

「〈ディファイアント〉、以上」

上部窓がふたたび透明になるのを見てから、イーサンはあたりを見まわし、機関制御ステーションを見つけた。それがいま立っているコムの右手側にあることを確認して、イーサンはそっちに向かった。

「ちょっとエネルギーを加速にまわしたいんだが」ジーナに言った。

「シールドを犠牲にしちゃだめよ。こんなことがそれほど長持ちするとは思えないから」

ジーナがそう言うと同時に、ブリッジ内にミサイル・ロック警報が鳴り響いた。

「よけろ!」イーサンが言った。

「わたしが何をやってると思ってるのよ?」

警報が不意に甲高くなり、爆発でデッキが激しく揺れた。慣性補正システム（IMS）が点滅し、イーサンが胃に突然胸の悪くなるような傾きを感じた直後に、足がデッキから離れた。ものすごい勢いで天井に向けて吹っ飛ばされながら、ジーナの操舵の生み出す慣性力が不意にフルに感じられた。一瞬、ローカ防衛シミュレーションの最中にこうして死にかけたことを思い出し、デジャヴュにとらわれた。目の前でこれまでの人生が走馬灯のように巡るのが見えた。

だがそれから、力強い手にがっちりとつかまれ、勢いを殺されたように感じた。緊急重力ガンが土壇場で作動したのだ。おかげで、背中が天井にぶつかったときも、やんわりとした痛みを感じただけだった。IMSがふたたび作動しはじめ、重力ガンがゆっくりと彼をデッキに下ろした。

「くそ！」徐々にショックから回復しながら、イーサンは言った。「今のは何だ？」

ジーナはかぶりを振って、操舵席にもどった。今度はシートベルトを締めるのを忘れなかった。

「困ったことになったわ」

イーサンは機関制御ステーションで、急いでシールドをイコライズしようとした――左舷側シールドが大打撃を受け、現在二十一パーセントで赤になっていた。イコライズしたあとは、全方位のシールドが八十七パーセントで緑色になった。イーサンはシールドが今後は自動イコライズするように設定した。今後ずっと、機関制御ステーションに張りついてシールドの世話をするつもりはなかったからだ。それからエネルギーのバランスを変え、兵器と補助システムから、シールドと推進機関にもっと多くエネルギーをまわすようにセットした。それがすむと、急いで武器制御ステーションにもどり、ミサイル・ランチャーに切り替えて、敵ノヴァ機に対して何かできるかどうか調べた。スコープにはこの艦の左舷側につぎはぎ戦闘機が数十機映っていて、そいつらがリッパー砲であたりもしないのに乱射を仕掛けていた。さっきのあの大きな揺れはあのつぎはぎ機のひとつがミサイルを撃ちこんだのだろうとイーサンは考えた。やつらがこれ以上弾頭を持っていませんようにと願いながら、イーサンはそのつぎはぎ機どもを無視して、はるか前方を飛んでいる十数機のノヴァ戦闘機のうち、いちばん近い機を照準ブラケットに入れた。その戦闘機は即座にフォーメーションからはずれ、回避をはじめた。

「くそ！」イーサンは言った。「あのノヴァ機ども、ミサイル・ロック警告システムを備えてる！」

「それぐらい知ってるでしょ、アダン。あんた、本当に頭がイカレてんのね！　敵に攻撃してるのをさとられたくなかったら、近接信管でやみくもに撃つしかないのよ。そして、弾がたどりつくまでやつらが針路を変えないことを祈るのよ、そうじゃなきゃあたらないだけよ」

イーサンはジーナのアドバイスに従い、魚雷に切り替えた。それからターゲット捕捉コンピュータを止め、近接信管を百メートルに設定した。その範囲なら、爆発でノヴァ機を仕留めることができるはずだった。イーサンは敵のノヴァ機のまわりをぐるりと円を描くように設定して、たてつづけに六発の魚雷を発射した。魚雷が熱いオレンジ色の尾を引いてはるか彼方に消えると、イーサンはコム・ステーションに走ってもどり、

〈ディファイアント〉を呼び出した。

「あと数分間は飛行経路を変えないでください、〈ディファイアント〉。現在、あなたがたを追跡している機に魚雷をリング状に発射したところです」

「了解」〈ディファイアント〉が答えた。「われわれは飛行経路を保つ」

イーサンは放った魚雷が敵機に近づくのを見守った。あと七百メートルというところで、イーサンの注意は自分たちのうしろから襲ってきた槍のような、信じられないほど明るい赤い光に向けられた。顔を上げると、想像もできないほど広い幅の赤いダイミウム光線が彼らのわきを抜け、〈ディファイアント〉のスラスターを貫いた。一秒後、巡航艦の右舷側スラスターが爆発して、真っ赤な火の玉と化した。

イーサンは瞬時にコムに飛びついた。

「〈ディファイアント〉？ 生きてるか？」

21

非常警報がブリッジ内に響き渡った。赤いライトが点滅し、つんとする煙が室内に噴き出してきた。制御ステーションのひとつでは炎が燃えあがり、そこにひとりの下士官が倒れていた——ぴくりとも動かず、おそらく死んでいる。ドミニクは床から起き上がり、倒れているのがほかでもないコム係のアシュリル・グレイムズ兵曹長だと見てとった。超越公はキャプテンズ・テーブルを殴りつけたいという衝動に抗った。グレイムズは、このほぼ全員が見知らぬ相手であるブリッジで、唯一の、そこそこ顔見知りの相手だったのだ。

「操舵手、回避しろ！　今のビームに二度とわれわれを狙わせるな。機関士、ダメージは？」

操舵手は操作をはじめ、突然ドミニクの両足がまたもや振動によりすくわれた。ちょっと遅れて、機関制御ステーションからドゥレイン兵曹長が言った。

「慣性補正システム（IMS）機能率は九十パーセントです、閣下」

それが、操舵手がわずかに針路を変えるたびに、全員が床から飛びあがりそうになる理由を説明していた。

「それで？」

ここ何秒かですでに二度目、ドミニクは副司令官に助けてもらってデッキから出ながら、きつい口調で言った。ほかの士官たちがちゃんと賢ければ、今ごろはそれぞれの制御ステーションでシートベルトをつけていることだろう。

「こちらは右舷側スラスターと駆動ジェットを失いました。反応炉もダメージを負っていますが、九十二パーセントで安定しています。後部シールドはダメージを負ってオフラインしています。四階から八階までのデッキの後部二十メートルは宇宙空間に開いてます。右舷側機関室からは、シャットダウンするまでに燃料の四分の一が漏出しました」

「それで全部か？」

奇妙なことに、ドミニクはこのダメージがもっと致命的なもののように感じていた。おまえにできるのはそれだけなのか？　彼は心のなかでつぶやいた。さあ、とどめをさしてもらおうじゃないか！

機関士が、ドミニクの形ばかりの疑問に返事をよこした。

「いえ、右舷側のノヴァ機発進チューブが修復不能です」

「格納庫は？」

「まだ大丈夫です」

「それはよかった、せめてもだ。操舵手、ゲートまでどのくらいある？」

「まっすぐ向かえば、一分で着きます」

「出せるかぎりのスピードでそうしろ。シールドと武器の分のエネルギーもまわして、スピードを上げて目指せ。全ノヴァ機に、可能であれば帰艦せよと告げてくれ。それができなければ、ゲートの向こう側で再会ということになる」

「ゲートを通るには八時間かかります」操舵手のダメン・コル兵曹が言った。「ノヴァ機は燃料切れで、数百万キロのところで終わりになるでしょう」

「そのときは捜索機（プローブ）を出して彼らの位置を突き止める！　今はこれ以上打撃を受けるわけにはいかん！」

「あのコルベット艦は？　追いついてくるまで待つべきでは？」

　ドミニクはうつろに遠くを見るような目つきになった。

「ああ……忘れていた……彼らの現在地座標は？」

ドミニクは遠くの星に目を据えたまま、ぼんやりとたずねた。

副司令官が答えた。「彼らはゲートまで三分のところにいるようです、閣下」

「遠すぎるな。待っていたら、あのコロナ・ビームが再チャージして、われわれはおしまいになるだろう」ドミニクは窓から目を離し、砲手長に目を向けた。「われわれの宇宙機雷の信管を五分にセットしろ。それでコルベット艦が切り抜ける時間をかせげるだろう。それ以上かかると、われわれは無事にゲートを出ることはできなくなる」

「了解しました、閣下」ゴルヴァン砲手長が言った。

「うわ、なんてこと!」ジーナが言った。「やつら、〈ヴァリアント〉の主ビーム砲を立ち上げたのよ!」

イーサンはふたたびコムをためした。

「ディファイアント? 応答してください!」

前方の窓から裸眼で外を見ると、〈ディファイアント〉が見えた。回避パターンをやめ、〈暗黒星域〉ゲートに向かっている。それが意味するところは、少なくとも、彼らはまだ生きているということだった。残念ながら、〈ディファイアント〉が針路を変えたせいで、敵ノヴァ機が針路を変え、イーサンが発射した六発の魚雷のうち四発がはずれていた。だが二発は、ぎりぎり爆破範囲内にいて何も気づいていないノヴァ機に向かって突進していた。

イーサンは息を詰めて見守った。

次の瞬間、敵ノヴァ機のひとつが魚雷を放ち、〈ディファイアント〉のシールドを失って火を噴いているスラスター列を狙った。ほかの敵ノヴァ機も一斉に魚雷を発射するのが見え、イーサンは愕然とした。〈ディファイアント〉が逃げ切るか、あの弾頭をすべて撃ち落とすかできる見こみはない。もう手遅れだった。

そのとき、イーサンの魚雷が百メートル圏内に達し、爆発した。敵ノヴァ機のひとつが爆風を受けて僚機に激突した。その二機ともが爆発し、奇跡のように、その破片が発射したばかりの敵の魚雷にあたった。突然、光り輝く爆発が起き、敵戦闘機をまとめて呑みこみ、連鎖反応を引き起こして、敵機を彼らが放った魚雷ごとすべて一掃した。

「やった(カヴァール)!」

イーサンが歓声をあげた。ぽかんと口を開けて、今まわりを漂っているたくさんの残骸を見つめる。残骸がコルベット艦のシールドにぶつかり、艦体にあたる。一分後、総司令官がコムに出た。うしろのほうで大きく歓呼の声があがっているのが聞こえた。

「よくやってくれたよ、こんちきしょう!」超越公の言葉はいつものきちんとした言葉づかいからは考えられないほどくだけたものだった。「これでまっすぐゲートにいける！　五分後にわれわれがまいた機雷が爆発する、だから絶対遅れるな。それでは向こう側で会おう、イーサン。〈ディファイアント〉、以上！」

イーサンの心臓が凍りついた。イ、ー、サ、ン。超越公は今、おれをそう呼んだ。イーサンと。彼はおれの正体を知っているのか！　イーサンはくるりとうしろを向いてジーナが今の発言に気づいたかどうかようすを見たが、彼女の目は制御パネルに釘づけになっていた。

「まだ数分かかるわ」ジーナが緊張した声で言った。「あの宇宙機雷が爆発する前に着けそうだけど、〈ヴァリアント〉の主ビーム砲がそろそろチャージ完了するころよ。あれがかすっただけで、わたしたち死ぬわよ」

「それなら回避パターンで飛べ」

イーサンは慎重に指示した。そもそも自分はゲートの反対側まで行きたいのだろうか？　超越公が彼の真の素性を知っているとしたら、彼が〈ヴァリアント〉に疫病をばらまいた犯人だということも知っているのではないだろうか？　そうだとしたら、向こうに着いたとしても死ぬより悪い運命が待ち受けているだろう。それにもし生きのびた〈ヴァリアント〉の乗員たちが彼のしたことを知ったとしたら、たとえ知らずにしたこととは言え、すべては彼のせいだと考えることは間違いない。

突然、目のくらむような赤い閃光がデッキ全体を覆い、イーサンの思考は断ち切られた。熱いビームがトランスピラニウム材を貫いて彼の肉体を焼き焦がそうとするのが実際に感じられた。周囲の空気がうなりをあげて震動し、合成音声がデッキ全体に響き渡った。

「シールドが危機的状況に陥っています」

それから、ビームが消え、イーサンは息を吸おうとあえいだ。誰かが灼熱の太陽を使って自分を窒息させようとしている、そんな感じだった。

「生きてるぞ！」

「かろうじてね」ジーナは歯を食いしばって、言った。

イーサンは目の前にせりあがってくる〈暗黒星域〉ゲートを見つめた。どんどん大きくなってくる――ゆらめいているゲートは黒い水たまりのようだった。そこにふたりはつっこんでいき、そして――

宇宙がまばゆい閃光のなかに消え失せ、かわりに超発光空間の流れる星の線があらわれた。

イーサンは信じられなかった。

ジーナはため息をついた。

「これで平和に死ねるかも」

そう言ったが、本当に死にそうだと思っているわけではなさそうだった――おそらく、折れた肋骨がひどく痛いのだろう。

イーサンはやれやれと首を振った。逃げおおせたのだ！ 生きのびたのだ！ 大喜びしていいのか、憂慮すべきなのか、よくわからなかった。向こう側に着いたら、超越公は彼をどうするつもりなのだろうか？

突然、背後でバチバチという音が聞こえた。イーサンが振り向くと、ブリッジのデュラニウム製のドアに、熱で溶かされた赤い線が引かれていくのが見えた。

「くそ！」ジーナが言った。

「われらがゲストたちはじっとしていられないようだな」イーサンが言った。

結局、超越公のことを心配している必要はなさそうだった。

22

ドミニクは顔をしかめて巡航艦〈ディファイアント〉のブリッジにはいっていった。キャプテンズ・テーブルで立ち止まり、すでにそこに立って待っていた副司令官にすばやくうなずいて見せた。超発光空間航行（SLS）中、彼はぐっすりとは眠れなかった。SLSを出てからも、ゲートの向こう側で緊急修理クルーが艦の外側に出てやっている修理が終わるのを待つあいだ、しばしば起きてはブリッジの乗員にあれこれと命令を出し、見失ったノヴァ機操縦士を捜索し救出するシャトル機を出すよう指示しなくてはならなかったからだ。そしてほんの数分前、コム係士官が、ノヴァ機操縦士を全員――六人全員を――見つけたという知らせを持って、彼を起こしにきたのだ。操縦士たちの話では、あとのふたりはサイジアン空間にジャンプする寸前につぎはぎ戦闘機どもにやられたということだった。

ドミニクはキャプテンズ・テーブルから、新たなコム係になったグリムズビー当直員に目を向けた。

「われわれを追ってゲートにはいったコルベット艦は発見できたか?」

グリムズビーは首を振った。

「いいえ、閣下。ですが、われわれのセンサーはこの星雲のせいでひどく妨害されているんです。それにもしかしたらコルベット艦はひどいダメージを負ったか燃料が切れたかして、出口ゲートまでたどりつけなかったのかもしれません」

ドミニクは外の灰色の嵐雲星雲(ストームクラウド)をにらみつけた。この十年間、〈暗黒星域〉への入り口となるゲートを隠してきた星雲だ。彼が見ていると、雲の奥深くで静電気が放出されるまばゆい光が閃いた。

「これまでに彼らが着いていないとなると」超越公は口を開いた。「彼らは死んだと思わなければなるまい。操舵手――」ドミニクが向きを変えると、ダメン・コル兵曹が期待をこめて彼を見つめていた。「ストームクラウド転送ゲートに針路を設定しろ。そこで修理が完了するまでおとなしく潜んでいよう」

「はい、閣下」

「待ってください!」グラヴィダー担当のゴールドリム衛生兵が声をあげ、みなの注意を引いた。「いまコンタクトがありました、〈暗黒星域〉ゲートから出てきました……

コルベット艦のようです」

ドミニクはさっとコム係のほうを向いた。

「やってくれたな！」

グリムズビーはうなずいて、コルベット艦に呼びかけはじめた。だが、応答するより先に、グラヴィダー担当がまたもや報告した。

「どうもよくなさそうです……コルベット艦から内気が噴き出しています、ブリッジはむきだしになってさらされてます」

ドミニクは愕然とした。「それじゃ、彼らは死んでるのか」

「ブリッジが破壊される前にスーツを着ていれば別ですが」

「コム係？」

「こちらの呼びかけに応答がありません、閣下」

「彼らにエネルギー出力はあるのか？」

「はい、閣下。ですが操作はおこなっていません。われわれと落ち合うつもりなら、とっくにわれわれを見つけてこちらに向かいはじめているはずです」

「彼らが生きているのなら、補助ブリッジに近づけずにいるのかもしれない」ドミニクは操舵手のダメン・コルのほうを向いた。「あの艦に横づけしろ」

「はい、閣下」

超越公はふたたびコム係のほうに向きなおった。

「格納庫制御担当に重力ガンを用意させろ、有効範囲にはいったらすぐに、あのコルベット艦を収容させる。艦内捜索班は五分後に格納デッキでわたしを待て」

「はい、閣下」

ドミニクはうなずいて、ブリッジから大股で出ようとした。副司令官がすぐに追いついてきて、声を殺して話しかけてきた。

「恐れながら、閣下が危険を冒すべきではないと思います。偵察は乗艦隊にまかせてください。閣下が同行する必要はありません」

リフト・チューブにたどりついたとき、ドミニクは彼女のほうを向いた。

「危険を冒すべきかそうでないかは、わたしが自分で判断する」

ローバ・キャルディン甲板長は顔をしかめたが、そっけなくうなずいた。

「はい、閣下」

コルベット艦に乗艦して数分後、艦内捜索班はふたりを見つけた――ずたずたに壊れたブリッジの上の脱出用ポッドのなかにいるところを。

歩哨ロボ（センティネル）がポッドのハッチを開け、超越公がいかめしい顔でポッドをのぞきこんだ。

「やあ、われらがヒーローたちだ！」

イーサンがポッド内の寝床から眠たそうな顔で頭を持ち上げ、声のしたほうに向けた。

「やったのか……」朦朧（もうろう）とした笑みを浮かべ、つぶやいた。

「そうだ、きみたちはやったんだ」

ジーナがイーサンの横で上体を起こした。「ようやく着いたのね」

超越公は親指をぐいと立て、背後のずたずたのブリッジ・デッキを指した。

「ここで何があったんだ？」

ジーナがまずしゃべった。

「敵が押し入ってこようとしてるのがわかったので、窓を爆破するようセットして、それからポッドに退避したんです。敵は宇宙に吸い出されていったみたいですね」

「危険な計画だな」超越公が言った。

「ブリッジで撃ちあいをするのと、たいして変わりはしません。どのみち窓を割る羽目になるんでしょうから」

「まあ、出てきなさい」

イーサンとジーナは小さな脱出用ポッドからこわばった身体で這い出てきた。ジーナは肋骨に手をあてて、顔をしかめながら。ふたりは外に出て立つと、まず破壊された周囲を見渡した。制御ステーションはどれも爆破でずたずたになり、窓はすべて吹っ飛ばされていた。TPトランスピラニウム材の破片がデッキの上できらめき、歩きまわるみんなの足の下でバリバリと砕けた。

「で」イーサンが超越公に推し量るような目を向けた。「〝向こう側〟にやってきましたが、何かあっと驚くお楽しみが待ち受けているのでしょうか？」

ドミニクは皮肉っぽい笑みを浮かべて、その視線を受け止めた。

「何もないよ、アダン中尉」

超越公が意味ありげにその名前を言ったようすに、イーサンは鋭い恐怖が釘のように突き刺すのを感じた。今や、自分の正体が割れていることははっきりした。

超越公は首を振って続けた。

「いや、すべては計画どおりにいっていると言うべきだろうな。われわれが落とした宇宙機雷がちゃんと仕事をしたなら、当分のあいだはわれわれを追ってくる者はないだろう」

ジーナはふんと鼻を鳴らした。

「そのあとは、ゼロから新しいゲートを作らなきゃならないでしょうね。わたしの鼻に振りかけるほどの構成素粉塵も残ってやしないから」

「閣下！」

ブリッジのドアにあいた溶けた穴をくぐってはいってきた二体の歩哨ロボのほうに、全員が顔を向けた。

「なんだ、軍曹？」ドミニクが訊いた。

「拘置所エリアに生存者が三名おりました、閣下」

「よし！　その三人を解放して、〈ディファイアント〉のわたしの部屋に連れてきてくれ。事情聴取をする」

イーサンは幽霊を見るような顔でセンティネルたちを見ていた。拘置所エリアにまだ監禁されている人々がいたとは……

「何か問題があるのかな、中尉？」

「いえ、何も、閣下」

ブロンディのコルベット艦に囚人がいたと聞いてこみあげてきた希望の波を、イーサンは押し隠そうとした。

「よろしい、それでは身ぎれいにして少し休みなさい」

それから超越公はジーナのほうを向き、彼女がわき腹を押さえていることに気づいた。

「きみは――すぐに医療センターに行って治療してもらいなさい」
「はい、閣下」ふたりは言った。

たぶん気のせいだったんだろう。イーサンは考えた。戦闘のストレスでそう聞こえたか、コムの雑音のせいだったのだろう……きっと超越公はおれをイーサンと呼んではいなかったのだ。だが超越公は個人的な事情聴取をしたい――彼のオフィスでふたりきりで――と言ってイーサンを呼び出した。おかげで、あれは気のせいだったということにまた自信がもてなくなってきていた。

妙なのはそれだけではなかった。ブロンディのコルベット艦に三人の囚人がいた――拘置所エリアに。まず頭に浮かんだのはアレイラだ。なかのひとりは彼女なのだろうか？　へたに希望を抱きたくはなかったが、もし彼の運がよくて――もしアレイラの運もよければ――三人のなかのひとりは彼女だろう。だがもしかすると、アレイラはそこまで運がよくはなかったのかもしれない。さらに、現在ダメージを負った巡航艦に乗ってサイジアン空間で立ち往生しているという小さな問題がある。護衛の戦闘機もほとんど残されていないのだ。

〈ディファイアント〉に移って五時間たったいま、イーサンはすっかり身ぎれいになって休息もとれ、彼を逮捕しようと待ち受けている執行部隊に向き合うときがくるのを待っていた。超越公の居室の両開きドアの前にやってきて、そこで警備をしているセンティネル二体のチェックを経て、入室の許可を与えられた。シュッという音がしてドアが開かれ、イーサンは足を踏み入れた。

完全に実用重視で飾り気のないこの巡航艦のほかの部分とはちがって、この部屋は贅沢にしつらえられていて、イーサンは一瞬、ブロンディのコルベット艦を思い出した。部屋の向こう端の、床から天井まである大きな窓の前に、大きな木製のデスクが置かれていた。そのデスクの向こうに大きなハイバックの黒い椅子があった。それは現在、イーサンに背を向けて窓のほうを向いていた。

イーサンはドアのすぐ内側で足を止めた。ドアがシュッと閉じ、うしろを振り返ると、超越公のオフィスには、ほかに誰もいないことがわかった。不意にイーサンはとてつもなく神経質になり、自分の皮膚が不安のあまり粟立っていることに気づいた。

「閣下？」イーサンは声を出した。

「わたしがなぜここにきみを呼び出したか、わかるかね？」

イーサンは不安が恐怖に変わり、汗ばんで吐き気がこみあげてくるのを感じた。だがぐっとそれをこらえた。どういう運命が待ち受けているにせよ、〈ヴァリアント〉にあの災厄をもたらしたのだから、それを受けるに値するというものだ。

「いいえ、閣下」イーサンはうそをついた。

椅子がゆっくりとまわって、彼と向き合った。老いた超越公は唇の前で両手の指先を尖塔のように突き合わせていた。

「わかっていると思うがね。きみははっきりと、その理由を知っているはずだ。だがきみが知っているのは半分にすぎない」超越公の唇にゆっくりと笑みが広がるのをイーサンは見守った。「今からわたしが話すことは、けっしてこの部屋の外に漏らしてはならない。わかってくれるね、中尉？」

イーサンはゆっくりとまばたきをした——すっかり面食らっていた。

「わたしが機密事項を守れるかと訊いておられるのなら、守れると断言できます、閣下」

「よろしい、わたしはきみの秘密を知っているからね……イーサン」

イーサンの目が飛び出しそうになった。

「やっぱり知ってるんですね……どうしてわかったんです？」

「最初のヒントは〈アトン〉だ」

「〈アトン〉ですか、閣下？」

超越公はうなずいた。「きみの船だ」

「はあ……」

「わかってないようだね、だが続けさせてくれ。第二のヒントはもうちょっと微妙だ。相手がホロスキンを装着していることに感づく者はほとんどいない——きみの手首の傷が何週間も、いや何ヵ月も治らないのは、生まれたときに埋めこんだIDチップを取って、新しいチップを入れたせいだというようなことにだ。そういうことに気づく者は少ない、同じようにホロスキンを装着している者を除けばね」

イーサンはこの話を見なおしてみたが、それからかぶりを振った。

「同じように……」

「ホロスキンを装着しているのは、きみだけではないということだ、イーサン」

その言葉と共に、超越公の年老いた風貌がゆらめき、突然はるかに若い男のそれに変わった——せいぜいで二十代のはじめという若者に。

イーサンは思わずあとずさった。「あなたは誰だ?」

若者は笑った。

「いい質問だね。自分の息子がわからないの?」

イーサンは氷水を顔に浴びせられたように感じた。

「アトン？」首を振る。口があんぐりと大きく開いた。まさか、ありえない。これは夢だ。「おまえなのか？」

超越公だった男は笑みを浮かべた。

「ときどき鏡に自分を映して、それと同じ質問をしなきゃならないけど、そうだよ。ぼくだ」

23

イーサンはけんめいに、いま見ているものと聞いていることを理解しようとした。息子が生きていて、目の前にすわっている。だがほんの数秒前には、彼は超越君主ドミニクの姿をして、老いた声で話していたのだ。

「おまえがおれの息子だってどうしてわかるんだ？　おまえがアトンだと言ってるだけじゃないか」

アトンはまだ笑みを浮かべていた。

「それなら、どうしてぼくがあなたの名前を知っていると思う？　あなたの船の名前が〈アトン〉で、ぼくの父親の名前がイーサンというのは珍しい偶然の一致だと言い張ることもできるだろうけど、あなたもぼくもそんな偶然はほぼありえないと知っている。それだけじゃない、ぼくの母親の名前はデストラだという事実もある」

イーサンの目が大きく見開かれ、アトンはゆっくりとうなずいた。

「そう、あなたの表情から、間違いじゃないとわかる。ぼくの母はあなたが流刑になった数ヵ月後に〈暗黒星域〉への入り口を見つけたんだ。母はあなたを脱獄させに行こうとしてたんだけど、その前にサイジアンどもが侵攻してきた。それで母は、当時〈ヴァリアント〉の副司令官だった伯父のリーチランド大佐を説き伏せて、帝国の重鎮たちが〈暗黒星域〉に撤退するときにぼくを一緒に連れていかせたんだよ。リーチランドは〈ヴァリアント〉の撤退を援護するための遅滞行動で死んで、ぼくはひとり残された。〈暗黒星域〉には保護者のいない子どもの居場所はなかったし、〈ヴァリアント〉だってそうだった。長い話を縮めれば、超越公がぼくをあわれんでくれたんだ。あとになって、超越公がもうすぐ死ぬっていうときに、超越公がぼくをあわれんでくれたんだ。彼は、本当は超越公じゃなかったんだ。彼もまた、あなたやぼくと同じようにホロスキンを装着していた。そして死ぬときに、ホロスキンとIDチップと司令官の地位をぼくにゆずってくれたんだ」

イーサンは首を振った。

「つまり、おまえは玉座に就いた偽者の二代目だってことか？」

「星系間帝国(ISS)の顔は死ぬわけにはいかないんだよ。ぼくを引きとってくれた義父の前任者である超越公、本物のドミニクは、本当はとても若いときに死んでたんだ。本物のドミニクはもっとも信頼できる顧問にその重荷を引き渡し、ドミニクがもっとも信頼した顧問——ぼくを引きとってくれた義父——はそれをぼくに引き渡した。この役目をこんなに長く続けるつもりはなかったんだ。もっと適した誰か——司令官としての正しい直感を備えた誰か、下で働く人々から尊敬を得られる年齢と経験の持ち主——を見つけるのがぼくの仕事だと思っていた。ぼくの代わりはあらわれないのかと思いかけてたんだけど、今回の撤退のときのあなたの働きや、ローカ防衛でのあなたのスコアを見て、ようやく探していた人物が見つかったとわかったんだ……どうかこの重責を引き受けてほしい」

イーサンの目が丸くなった。「なんてこった……おまえ……」

アトンは片手をあげた。

「頼むよ、今すぐ答えを出さなくてもいいから。よく考えてみて。ぼくたちはこのサイジアン空間でしばらく過ごして、修理と残った帝国軍の再結集を果たさなければならない。空母〈ヴァリアント〉の奪還に向かうのはそれからだ」

「アトン」

イーサンの口のなかはからからになっていた。事実、めまいがして足ががくがくしていた。今見聞きしていることを完全に信じたわけではないが、目の前にすわっている若者はたしかに彼の息子と言っていい年齢だ。

「これだけの内容をすぐに呑みこむことはできない、だが話を続ける前におまえが知っておくべきことがある」イーサンはごくりとつばを飲み、それから言った。「おまえの親父はおまえが知っていたころから、たいしてましな人間になったわけじゃない……」

どう続けていいかわからなかった。そもそも続けるべきなのかどうかも。たった今、息子を墓場から取り返したばかりなのに、次に言おうとしていることで、ふたたび息子を失ってしまうにちがいなかった。

アトンは首を傾げた。「それで？」

イーサンはこわばった笑みを浮かべた。

「しばらく、ホロスキンのスイッチを切ったほうがよさそうだ」

そう言うと、盗んだIDチップについている制御システムに頭のなかで命令を送った。皮膚の上を静電気が走るチリチリする感覚があり、腕や脚の毛が逆立った。それから、彼はようすを見た。

アトンの目が丸くなり、それから彼は承認するようにうなずきはじめた。

「ぼくの知ってる父さんだ。あんまりはっきりとは覚えてないけど、母さんの古いホロ画像をよく見てたから、ちゃんとわかるよ」

イーサンは何歩か前に進み出て、息子がすわっているデスクに寄りかかった。突然アトンが立ちあがり、デスクの横をまわりこんでやってくると、父親と向き合った。イーサンが見ているのは、若いころの自分自身だった。ふたりは驚くほどよく似ていた。身長も、肩幅の広い体格も同じだった——緑色の目も、黒い髪も。不意にイーサンはさらに一歩踏み出し、骨がぶつかりあうような激しさで息子を抱きしめた。そのあと、ふたりは腕をのばしあって少し離れた。イーサンはどうしようもなく顔が笑ってしまうのを感じていた。

「寂しかったよ、アトン」

「ぼくもだよ……父さん」

イーサンは両腕をわきに垂らした。「ああ、これで幸せな男として死ねる」

「死ねる？　まさか死ぬつもりじゃないよね。ぼくたちはこれから、やらなきゃならないことがたくさんあるんだから」

「これからおれが言うことを聞いたら、そうは思わないんじゃないかな」イーサンは苦い顔で言った。

アトンの目がわずかに細くなった。「話して」

「おれが星系間帝国艦隊（ISSF）の士官になりすましていた理由はなんだと思う？」

アトンは両眉を上げた。唇にゆっくりと笑みが広がった。

「食糧だろ。ここの朝食のスコーンは死ぬほどおいしいから」

イーサンは顔をしかめた。

「まじめな話をしてるんだ、アトン。いいか、今から聞かせてやる。これはブロンディにやらされたことだが、それは言いわけにはならない。おれと副操縦士はやつに相当な額の負債を負ってたんだ。おれたちは返済をすっぽかして逃げたが、ブロンディに狩られてつかまった。やつはおれの副操縦士を人質にとって、言われたことをおれがやらなければ、おれたちふたりを殺すと言った。だからおれは承知した。やつの本当のもくろみをおれは知らなかった、だが……」

イーサンは目をそらして窓の外に向けた。星雲の灰色の氷雲のなかで起きている放電の、まばゆい閃光が目にはいった。

「ブロンディは父さんに何を頼んだんだ？」

イーサンはゆっくりと目をもどし、息子の視線と向き合った。

「やつは〈ヴァリアント〉の破壊工作をしろとおれに言った。〈ヴァリアント〉を破壊しろと。おれは乗員を誰も殺さずに船を壊す方法を見つけようとしていた。だがそれより先に、ブロンディの本当の目的に気づいたんだ。やつはおれを何かの疫病の菌に感染させてたんだよ。それからおれを〈ヴァリアント〉に解き放った。どうして生きのびたのかはわからないが、おれに言えるかぎりでは、最初に具合が悪くなったのはおれだった。おれは医療センターに行って、血行停止療法を受けた。十二時間後に目覚めると全快していたが、艦内のほぼ全員が死んでいた。おれが出会った最初の生きている人間がおまえだった」

アトンはまばたきもせずにすべてを聞いていた。ぼんやりと黙ったまま、話の続きを聞こうと待っているようだった。父親の話が終わったことに気づくと、彼は静かに言った。

「知ってるよ、イーサン。ブロンディのコルベット艦にいた囚人のなかに、そのウィルスをつくった生化学者がいた。彼からすべて聞いたよ」

「それじゃ……」

「父さんの罪を見過ごすつもりはないけど、実際に何かをやったわけじゃないから、父さんに着せられる罪状はせいぜいで、帝国艦隊士官になりすましたことと、ISSに対する謀略の罪ぐらいだろうな。そのふたつで、エタリスで終身刑になれそうだけど、たまたま父さんのその秘密を知っているのはぼくだけだし、父さんがぼくの秘密を知った今、ぼくたちはおたがいの秘密をしっかり守らなけりゃならない」

イーサンの目が考えこむように細くなった。

「それじゃ、悪感情を抱いてるわけじゃないんだな？」

「そうは言わないよ。〈ヴァリアント〉にはたくさんの友だちが乗ってたんだ。超越公としてふるまっていても、いなくなって寂しいと思うぐらい親しくなってた人々もいたんだ。でも父さんがせっかくエタリスからもどってきたんだ、ふたたび送り返したりはしないよ——たとえ何をやってたとしてもね」

イーサンはゆっくりとうなずいた。

「おれはおまえを探しに行ったんだ、わかるだろう。おまえとおまえの母さんを探しに。そのせいで一文無しになったうえに、結局、何も見つけられなかった。とうとう、おまえたちのどちらかが生きのびている確率はほとんどないと認めざるをえなかった」

「その確率は本当に低かったよ。母さんがゲートをすでに見つけていて、父さんを脱獄させる計画を立てていなかったら、その確率はほとんどゼロに近かった。サイジアンの侵攻が起きて、ぼくと離れ離れになってもまだ、母さんは脱獄のための船を借りる資金をかき集めようとしてた。超越公になってサイジアン空間にはいる任務を命じる権限を持ってからも、ぼくはずっと母さんを探してたんだ。ゲートをふたたび開けた本当の理由はそれなんだ」

イーサンの目に光が宿った。

「それじゃ、おまえはデストラがまだ生きていると思ってるのか？」

「ぼくにさよならと言ったときは、母さんは生きてた。あれから生きのびたかどうかはまた別の問題だ」

イーサンは顔をしかめ、床に目を落とした。

「不死身ならな……」しばらくして、イーサンは顔を上げた。「アトン」

「え？」

「おまえは本当におれに司令官の仕事をまかせたいのか？　おれはおまえの持ち駒のなかでもっとも経験豊かな司令官なんかじゃないぞ、断じてだ」

アトンは首を振った。

「みんな死んだあとじゃ、選択の余地なんてたいしてないさ」イーサンが顔をしかめ、アトンは続けた。「でもそれだけじゃない。ぼくの秘密を共有してくれる人がほかにいるとは思えないんだ。たとえほかの誰かを見つけることができたとしても、その誰かがこの仕事を喜んで引き受けてくれるとは思えない。ぼくと身分を取り替えてくれるともね」

「それじゃ、おまえは身分を取り替えたいんだな」

「ぼくが正体を明かすのはいい考えだとは思えない。ぼくはこの役目を引き受けるために何年も前に死んだことになってるし、老ドミニクの策略は、とても明かすことのできない危険な秘密だ。いちばん忠実な乗員だって、それを知ったら暴動を起こしそうだ」

イーサンは首を振った。

「だがおれだって、永遠に超越公のふりをすることはできないぞ。彼はすでに、二百歳を超えてるみたいに見えるじゃないか」

「永遠になりすます必要はないんだ。近いうちにあなたもぼくもホロスキンを脱ぐことになる。新しいIDチップとそれぞれのIDのための生い立ちを捏造できしだい、ぼくたちは本当の姿にもどるんだ。名前も変わることになるけど、それは仕方がない。それまでは、そして超越公が正式に称号を新たなIDになったあなたにゆずるまでは、ぼくたちは入れ替わることになる。〈ディファイアント〉がサイジアン空間で無事に生きのびるためには、腕のいい司令官が必要だ。そしてぼくはその仕事に向いているとは言えない」

「本当におれでいいと思うのか？　ローカ防衛は、たぶん運がよかっただけだぞ」

「いや、あれは運のせいじゃない」

「考えさせてくれ」

「一日以内なら、いくらでも考えてくれ」

イーサンはうなずくと、息子の肩をつかんだ。

「それはそうと、もうひとつ訊きたいことがあるんだが――」

「もちろん」

「もしかして、ブロンディのコルベット艦にいた囚人のなかに若い女性がいたんじゃないか？　黒い髪に菫色の目をした若い女性だが？」

「いたよ。とんでもない美人だね。父さんの知り合いなの？」

イーサンはすぐにうなずいた。「おれの副操縦士だ。もう死んだと思ってたんだが」

アトンは顔をしかめた。「副操縦士？　本当に？」

「ああ。なぜだ？」

「いや……ええと、彼女はそういうタイプの女性には見えないから……」

イーサンの目がすがめられた。「どんな感じなんだ？」

アトンは片手を上げた。

「悪気はないんだ、わかったよ。でも彼女はぼくに色目を使ってきたんだ――年老いてひげもじゃの、しわだらけの超越公にね。それがうまくいかないと見るや、今度はぼくのすぐそばにいた護衛に言い寄ろうとした。あれはまるでし……」アトンは顔をしかめた。「いやまあ、こんなことを言って悪いけど、彼女は副操縦士というよりは、歓楽的な店にいる尻軽女という感じだよ」

イーサンの顔からさっと血の気が引いた。「彼女に会わせてくれ」

アトンはうなずいた。「ホロスキンを着て」

アトンの容貌がゆらめき、超越君主のしわだらけの顔にもどった。

「彼女はまだ、両親と一緒に事情聴取されてる最中だ」

「両親？」訊いているイーサンの容貌もゆらめいて、アダン・リーズ操縦士の顔に変わっていた。

「そう、例の生化学者とその妻だよ。ブロンディは家族を人質にとって、老博士を利用していたみたいだ」

アトンは両開きドアまで歩いていき、ボタンを押してドアを開けた。警備のセンティネルにうなずいてみせ、外に出る。イーサンはそれに続いて通路を歩き、つきあたりのリフト・チューブに向かった。

イーサンと超越公――彼の息子――はリフト・チューブに乗りこみ、アトンはデッキ階の番号をパネルに打ちこんだ。腹にずしんとくる揺れと共に、足の下の床が不意に落ち、イーサンはリフト・チューブの壁に寄りかかって身体を支えた。

「慣性補正システムはまだ補修中なんだ」アトンが説明した。

イーサンはうめき声をもらしながら、背すじをのばした。

「それは身体で感じたよ」

リフト・チューブがきしみをあげて止まり、今度もがくんとひどく揺れた。急な減速で、膝ががくんとなった。リフト・チューブのドアがシュッと開き、アトンは先に立って、艦内を歩いていった。暗い通路が曲がりくねって続いている。ときどき前方の通路に、シューッとオレンジ色の火花が散るのが見え、それから当然ながら、溶接レーザーで修理をしている営繕担当兵のわきを通ることになった。

「ここのデッキは撤退のときにひどくやられたんだ」

アトンは通路の壁のつぎはぎされた部分を指差した。そこでは営繕担当兵がまだ溶接レーザーでつぎ当てをくっつけているところだった。

「穴ふさぎはきみが到着するほんの数時間前に終わったところだ。サイジアン空間をつっきる前に、戦闘準備を完全に整えておく必要があるからな」

イーサンは両眉を上げて、アトンを見た。「つっきる？」

アトンは手を振った。

「あとで説明する。さあ、ここだ」

幅の広い両開き扉には、こうあった。《ASポッド・ベイ》——右舷側後方ポッド・ベイ。

「ここはどこだ？」イーサンは訊いたが、すでに答えはわかっていた。

「われわれの事情聴取室だよ」

イーサンは眉をひそめた。

「おれには脱出用ポッド・ベイに見えるぞ」

アトンは小さく笑みを浮かべて、イーサンのほうを向いた。

「まさにそのとおり」

替え玉の超越公はドア・スキャナーに手首をかざし、ドアがシュッと開いた。なかでは、部屋の中央に折りたたみをのばしたテーブルと三脚の椅子があり、椅子はすべて埋まっていた。ドアのすぐ内側にふたりの警備員が立ち、四周の壁には脱出用ポッドに繋がるハッチが何十個も並んでいる。ふたりが室内にはいっていくと、すわっていた人々は顔を上げ、そちらに向けた。三人のうち、イーサンにわかるのはひとりだけだったが、菫色の目が彼の緑色の目と合ったとき、彼女の顔も知っているものとはちがうように思えた。彼女は毒々しい笑みを浮かべ、修練を積んだように見える〝こっちにおいで〟という視線を彼に向けてきた。そんな視線をアレイラが使うのを見たことはなかった。

「あーら、ハンサムさん」イーサンが近づいていくと、彼女は言った。

「くそ、いったい何をされたんだ、アレイラ？」

その若い女の眉間に深いしわが寄った。

「あたしの名前はエンジェルよ」そう答えて、またもやいやらしい笑みを浮かべた。

「でもさ、一杯おごってくれるまでは、あたしから引き出せるのはそんだけだよ」

イーサンはかぶりを振り、超越公のほうを向いた。

「彼女はチップを植えられたんだ」

アトンはうなずいた。「そのようだな」

「彼女を治せるか？　チップをはずせるか？」

アトンはためらっているようだったが、口を開いた。

「まだ断言はできない。今、人工頭脳技師(サイバネティクス)を探してるところだ」

そのとき、テーブルの反対側の端にすわっている老人が、うつろな青い目で見上げた。

「技師が見つかったとしても、解消コードがわからなければ、娘は植物人間になるだけだ」

イーサンの目が老人から、その向かい側にすわっている老婦人に移った。だが老婦人は、イーサンたちがそこにいることに気づいていないようだった。その目はうつろに濁っており、ぼんやりと遠くを見つめていた。

「きっと何かできることがあるはずだ」イーサンは言い張った。

「あるわよォ、ハンサムさん。もうちょっと寄ってきてよ、そしたらあんたに何ができるか教えてあげる」

イーサンはたじろぎ、ゆっくりと視線をアレイラの顔にもどした。

「すまない、かわい子ちゃん」

彼女は小首をかしげ、またしてもいやらしい笑みを浮かべると、舌をエロティックな動きでちろちろと口から出し入れさせた。それから人差し指を曲げてこっちに来るようにと招き、イーサンに投げキスをした。

イーサンは縮みあがった。

「手立ては考えつづけてる」アトンが言った。「だが今のところは、彼女をもとのようにもどす確実な手段はひとつだけ、アレック・ブロンディをつかまえてコードを吐かせることだ」

イーサンはうなずきはじめた。「ぜひともそうしたいものだ」

「よろしい」

アトンはうなずき、背を向けてドアに向かった。イーサンもしぶしぶながら、それに続いた。

ふたりが部屋を出ようとしたとき、アレイラの父親が声をかけた。

「この子はきみにとってのなんなんだ、操縦士さん？」

イーサンは肩越しに振り返り、悲しげな笑みを小さく浮かべた。「すべてだよ」

老人は長いあいだイーサンの視線を受け止めた。薄いブルーの目がきらめき、唇が震えていた。それから、老人は決然とうなずいた。それ以上、言葉は必要なかった。

イーサンは踵（きびす）を返し、息子のあとについてリフト・チューブの前にもどった。アトンがコールボタンを押すと、すぐ近くのリフト・チューブがぱっと開いた。

「打ち明けておかなければならない秘密がもうひとつあるんだ、イーサン」

乗りこんでからドアが閉じると、アトンは言った。

イーサンはひどく困惑した顔になった。アトンが言ったことが耳から脳に伝わるまで、しばらくかかった。いったん意味を解すると、彼は息子のほうを向き、片眉を上げた。

「え？」

アトンは目的地にブリッジを選び、それからイーサンのほうを向いた。トランスピラニウムリフト・チューブが速やかにブリッジまで上がっていくあいだ、通過する各階の発光パネルの光を受けて、目がぎらついて見えた。

「われわれだけじゃないんだ」

「どういう意味だ？」

「わたしが言ってるのは、あの戦争を生きのびた人類の居住地は〈暗黒星域〉だけじゃないってことだ。そして、サイジアンに征服された最初の種族が人類だというわけでもない」

イーサンは首を振り、ぱちぱちと目をしばたたいた。

「そんなこと、ありえない」

リフト・チューブが開き、アトンはオフィスにもどっていった。警備のセンティネルにうなずいて見せてから、ドアを通り、イーサンとふたりきりになると、しっかりとドアをロックした。微妙なゆらめきと共に、超越公のしなびた風貌が、イーサンの息子の若くハンサムな顔に変わった。

「どうしてありえないと思うんだ？」とうとうアトンが言った。「知的生物種族は各銀河系につきひとつしかいないと思うかい？　ゲティーズ・クラスターには生命が満ちあふれている。あそこの銀河系に探査船を送ったときに、サイジアンに征服されたもうひとつの種族と出会ったんだ。彼らはまだ生きていて膨大な数がいるものの、ほとんどサイジアンの奴隷となっていた。彼らは自前のテクノロジーはたいして持っていないけど、学習するのが非常に速くて、ぼくたちが船を浚うそばから、それらの船をいっぱいにしている。ぼくたちは今も交戦状態にあるんだよ、父さん。本当は、戦争は終わってはいない。ブロンディが〈暗黒星域〉の王であり大将軍であると名乗りをあげて、ぼくたちの補給路を断つ前に、〈ヴァリアント〉を奪還して戦いに備えなければならないんだ」

「それは……」イーサンの眉間にしわが寄った。「それはどういう姿をしてるんだ？」

「もうひとつの種族かい？」アトンは微笑んだ。「あなたが見たことも想像したこともないような姿だよ、父さん。そして彼らが、サイジアンを打ち負かすための鍵になるんだ」

「わからない」イーサンは言った。「彼らがサイジアンを打ち負かせるのなら、なぜそうしなかったんだ？　彼らは奴隷になってると言ったじゃないか」

「彼らには、自分たちにわかっている以上の力があるんだ。彼らに会いたいかい？　ゴルス族のひとりに？　彼らはぼくたちが〈ヴァリアント〉を奪回するのをきっと助けてくれるよ、父さんが可能だとは思いもしない手段でね」

イーサンはゆっくりとうなずいた。

「ブロンディの敵なら誰だっておれの味方だ」

アトンの笑みが広がり、彼はオフィスの壁に向きなおった。さっと手を横に払うと、壁の一部が床に沈み、つきあたりにリフト・チューブのある暗い通路があらわれた。

「一緒に来て」アトンはすでに通路を歩きはじめていた。「びっくりする準備をして」

訳者あとがき

遠い未来、人類はスペース・ゲートによって超発光空間（スーパー・ルミナル・スペース）を航行することで銀河系にまたがる発展と繁栄をとげ、星系間帝国（ISS）を築いていた。だが、あるとき不注意に未知の場所に開いたゲートから、髑髏（どくろ）のような顔をした昆虫型異星人サイジアンが侵入し、またたくまに人類を滅ぼしかけてしまう。生き残った数少ない人々は、帝国艦隊の生き残り（人員、設備ともに）と共に、ブラックホールだらけの〈暗黒星域〉に立てこもる。ここの星域にはいるゲートは完璧に封鎖して、敵の侵入を防ぎ、そのゲートを帝国艦隊の空母〈ヴァリアント〉が守っている。

ここより先、本書のストーリィに触れています。あとがきから先にお読みの読者は、ご注意ください。

この〈暗黒星域〉ではブラックホールに囲まれたなかにわずかに存在するいくつかの星系で、資源鉱山や水耕栽培施設で人類が生きるのに必要な物資を入手しているものの、常に資源も食糧も乏しく、人々は窮乏を強いられている。そんななかでもブロンディを首領とするギャング団が幅をきかせ、ブロンディは独自の艦隊をつくるまでに組織を大きくしていた。この悪党ブロンディは、〈暗黒星域〉で犯罪を取り締まる帝国艦隊を亡きものにしようと企み、それを実行するために腕利き操縦士のイーサンを利用しようとする。

イーサンはこの世界の麻薬にあたる刺激剤(スティム)の密輸に手を染めて逮捕され、愛する妻と息子を置いて犯罪者の流刑星エタリスの刑務所に服役していた。その服役中にサイジアンの侵入がはじまって、人類が〈暗黒星域〉に立てこもった際に犯罪者たちは恩赦を受けて解放され、生産的労働に従事することになり、イーサンも釈放された。妻と息子が生きてこの〈暗黒星域〉に逃れてきているかもしれないという一縷の望みを抱いて〈暗黒星域〉内を探しまわっていたが、そうした日々にも疲れきっていたところに、ブロンディに目をつけられたのだが……

スペースオペラは数あるものの、主人公側がこんなに負けつづける話はなかなかないように思います。人類は異星人にボロ負け状態、主人公イーサンが潜入する帝国艦隊も悪党ブロンディの艦隊に圧倒され、敗色濃厚……ちょっと珍しいスタンスで話は続き、読者の予想を裏切りつづけます。イーサンの副操縦士の菫色の目をもつアレイラ、悪党ブロンディ、帝国艦隊の総司令官である超越君主ドミニクなどなど、登場人物もちょっとひと癖ありげな人々です。話の終わりには思わぬ展開が待ち受けており、いっきに新たな世界が開ける次の巻へと続いています。

作者のジャスパー・T・スコットは《スター・ウォーズ》と《ロード・オブ・ザ・リング》の熱烈なファンで、読者を徹底的に楽しませる話を書きたいという熱い思いに駆られてこの作品『最後の帝国艦隊』(原題 *Dark Space*)を書いたということです。このシリーズはすでに五巻まで出版されており、現在最終巻になる六巻目の構想中のようです。大人気のTVドラマシリーズ《バトルスター・ギャラクティカ》がお好きな方にはこの小説もきっと楽しんでいただけることでしょう。ジャスパー・T・スコットの宇宙世界にようこそ。

訳者略歴　英米文学翻訳家　訳書『ペガサスで翔ぶ』マキャフリイ，『ミッドナイト・ブルー』コリンズ，『グリムスペース』アギアレイ（以上早川書房刊）他多数

HM=Hayakawa Mystery
SF=Science Fiction
JA=Japanese Author
NV=Novel
NF=Nonfiction
FT=Fantasy

最後の帝国艦隊（さいごのていこくかんたい）

〈SF1998〉

二〇一五年三月二十日　印刷
二〇一五年三月二十五日　発行
（定価はカバーに表示してあります）

著　者　ジャスパー・T・スコット
訳　者　幹（みき）遙（よう）子（こ）
発行者　早川　浩
発行所　株式会社　早川書房

郵便番号　一〇一 - 〇〇四六
東京都千代田区神田多町二ノ二
電話　〇三 - 三二五二 - 三一一一（大代表）
振替　〇〇一六〇 - 三 - 四七七九九
http://www.hayakawa-online.co.jp

乱丁・落丁本は小社制作部宛お送り下さい。
送料小社負担にてお取りかえいたします。

印刷・株式会社亨有堂印刷所　製本・株式会社川島製本所
Printed and bound in Japan
ISBN978-4-15-011998-0 C0197

本書は活字が大きく読みやすい〈トールサイズ〉です。